月亮女孩

安庆 著

时代出版传媒股份有限公司
安徽文艺出版社

图书在版编目（CIP）数据

月亮女孩/安庆著.--合肥：安徽文艺出版社，2025.1
ISBN 978-7-5396-8018-7

Ⅰ.①月… Ⅱ.①安… Ⅲ.①长篇小说－中国－当代
Ⅳ.①I247.5

中国国家版本馆CIP数据核字(2024)第027532号

出 版 人：姚　巍
责任编辑：张星航　　　　　　　　　　封面设计：秦　超

出版发行：安徽文艺出版社　　www.awpub.com
地　　址：合肥市翡翠路1118号　邮政编码：230071
营 销 部：(0551)63533889
印　　制：安徽新华印刷股份有限公司　(0551)65859551

开本：787×1092　1/32　印张：6.5　字数：95千字
版次：2025年1月第1版
印次：2025年1月第1次印刷
定价：36.00元

（如发现印装质量问题，影响阅读，请与出版社联系调换）

版权所有，侵权必究

目　　录

第一章　天上的月亮 / 001

第二章　果儿的家 / 010

第三章　在妈妈的背上 / 046

第四章　复式班 / 076

第五章　大城市的孩子 / 106

第六章　冬天的雪 / 141

第七章　省城医院 / 158

第八章　补课 / 176

第九章　一个人的学校 / 187

第十章　最后一课 / 202

第一章　天上的月亮

一

月亮出来了，又大又圆的月亮，让果儿的心一下子亮堂起来。她用一张微笑的脸和月亮对视着，嫩嫩的小手慢慢地朝上举，好像要摸到月亮的脸一样。她甚至咯咯地笑出来，笑声脆脆的、朗朗的，在月光下的大山回荡。所有的山坡、山头、山上的树、山边的花都镀上了月亮的银光，把和白天不一样的世界展现在果儿的眼前。果儿挪动着脚步，小手朝天上的月亮轻轻地摇着，小脸儿朝着天上的月亮笑，咯咯的笑声一串一串在夜色的大山里回响。月光下的小树轻轻地拂动,果儿的身子朝更宽的地方挪,寻找视线更好的地方。她抓住了院子里的一棵小柿树,小柿树上长出了新鲜的叶子,又是一年,细碎的柿花也要开了,每棵树上的叶子在月光下显得格外稠密,叶子像镀上了银色的光,像很多小手在轻轻地晃动。她坐在方方正正的一块小石板上,小眼睛炯炯地看着天上,对着月亮竖起了大拇指,又咯咯地笑着。

月亮更加明明朗朗地照着果儿,照着果儿的家、果儿家居住的山洼、果儿的村庄,照着果儿所在山里的整个世界。

妈妈和姥姥躲在果儿的身后,悄悄地护着果儿,瞅着果儿,不打扰果儿。

果儿静静地看着月亮,月亮暖暖的,让她想笑,她觉得有意思,有些害羞。小果儿每次总能看到月亮里边的东西,月亮的世界里长着树,长着蘑菇和苔藓,长着果儿认识的东西,她伸出小指头数着:"鸡、麻雀、喜鹊、啄木鸟、南瓜、梅豆、谷子、菊花、山楂、枣、核桃、柿子、桃、杏……"果儿想，月亮到底有多大啊？她追着月亮，她走，月亮也走，她总是走不出月亮的光，月亮照着果儿，好像故意在和果儿捉迷藏。

果儿的眼睛眯成一道细细的缝儿，两只小手搁在自己的小膝盖上，山风吹乱了她额前的刘海，挡住了视线，她腾出手把头发朝头顶上捋，捋到两只小耳朵后，把白白净净的小耳垂露出来。这时候总有一两只鸟儿在后边的山上，在身后的树上，叽叽喳喳地叫，悠悠脆脆的，很好听。小果儿喜欢看着月亮、听着鸟叫的夜晚。

山里的夜晚格外静。

果儿是从哪一天开始喜欢上看月亮的？这不好说，说不准确，果儿的妈妈王山妮也说不清楚。妈妈只是记得，果儿刚会说话的那年秋天，有一天妈妈抱着果儿在院子里转，小院子太小，妈妈抱着她走出院子，在院子前的山路上走。妈妈走着走着，天上的月亮朗朗地照下来，像一盏灯，把山里的路照得更加清晰，月亮的周围是蓝格莹莹的天，夹着干干净净的棉花一样的白云。果儿妈妈不自觉地朝天上看，就看到了那一轮明月，她握住了果儿的小手，把果儿的小手举起来，让果儿朝天上看。果儿已经朝天上瞅了，目光定定的。果儿不说话，看着越来越亮、越来越大的月亮，听见妈妈在轻声背着传了多少代的童谣："月亮白，月亮光，开开大门洗衣裳……"果儿妈妈隐约记得那天是接近圆月的日子。每月的十四、十五，月亮都格外圆，在山里看月亮又是一番景象。

二

从此，果儿一到晚上就会扯着妈妈要往外边走，出了门把头仰起来，寻找着天上的月亮。天上的月亮水洗过一样干净而又明亮，慢慢地，从月牙儿变成月饼样，变成柿子样，变成更大更明的一轮，把整个大山都罩住了，都照亮了。当然，果儿最早是好奇，是记在心里，说不出来，不会表达，后来才慢慢地对着月亮想心思，把心里想的话告诉妈妈。那是果儿更大一些，大约三岁的时候，看不见月亮的时候她问妈妈："妈妈，咋看不见月亮啊？"妈妈说："月亮去串亲戚了。"果儿问："月亮也串亲戚呀？"妈妈说："我们有亲戚，月亮也有亲戚啊；我们串亲戚，月亮也串亲戚啊。它的亲戚在很远很远的地方，过几天就会回来了。"

果儿就和妈妈等，每天晚上看着天上，等到了月亮出来，等到了一轮月牙儿。果儿又问妈妈："妈妈，咋变成了小月牙儿？"妈妈想了想，说："月亮是又经过了一次生长，慢慢地才又长大长圆的。"果儿也会问姥姥，姥姥年龄大了，头发都快白完了，姥姥和妈妈说着几乎同样的话，果儿不知道妈妈对她说的话也是过去姥姥给妈妈说的。

果儿听了妈妈和姥姥的话，就每天夜里盯着天上，看着月亮长，月亮慢慢地越长越大越圆起来。姥姥给她讲故事，讲过去山里没有电，一到晚上都跑到外边看月亮,借着月亮的光线做农活,做针线活儿。果儿问:"什么是针线活儿呀?"姥姥现身说法,从床头摸出了针线筐,拿出了针和线,戴上老花镜,在一双鞋垫上缝彩色的线,告诉果儿:"有针有线,就是针线活儿。我们身上穿的衣裳、脚上穿的鞋都是针线做成的。"姥姥说,"不过现在不光手工做,机器也会做了,这个世界就是这样。"果儿每次听姥姥讲故事,都会听到姥姥的这句话:"这个世界就是这样。"

妈妈背她往后山上去,是果儿三岁那年的夏天。月亮的光照在山道上,照在山腰上,照在一棵棵树权上,树叶儿在月光里轻轻摇晃着,像在拍着巴掌欢迎她们的到来,山里的月夜好静谧、好迷人。果儿被妈妈背着朝山上走,妈妈对果儿说:"我们找个更好的地方去看月亮,那儿离月亮更近。"果儿在背上,听到了妈妈的喘息声,妈妈的脚踩在山石上,发出回响。妈妈最后把她背到一个山顶上,喘着气,说:"果儿,我们就在这里看月亮。"

那个地方叫牛腰坡，牛腰坡是山上的一块平地。

牛腰坡是妈妈后来带果儿常去的地方。

牛腰坡不但离月亮近，还能居高临下看到山下的村庄，看到山下黑压压的树，看到进山出山的那条路。山里的夜路少有人走，像又细又长的一条沟，路两边的山像两条篱笆或两道墙。

果儿仰着头，月亮把她的一丝丝头发都照亮了，她伸出手，乳色的光穿插照在她的小手上。果儿喊着："妈妈，妈妈，月亮快到我们跟前了。"妈妈嗯了一声，搂住她的小身子，朝天上看，母女俩"溶化"在山顶的月光里，满身沾上了月亮的光。山上的风一丝一缕地刮起来，有些凉，妈妈把果儿裹得更紧了，像在祷告什么，絮絮叨叨地说："月姥姥，我们家的果儿多乖多聪明啊，所以您要照顾她，让她有一个好身体，让她快快地长起来。"果儿听见妈妈的声音很小，歪过头："妈妈，你在说啥啊？说给谁听啊？"妈妈醒悟过来，搂一搂果儿，说："果儿，妈妈在和月亮说话呢，你有什么话也和月姥姥说说。"果儿嗯了一声,静静地想,想了一阵子,对月亮说:"月姥姥,你要天天这样明这样亮多好啊。"妈妈嗯了一声,对月亮说:"你要像俺家果儿想的多好啊。"果儿说:"那月亮就天天都是圆的喽。"妈妈说:"如果月姥姥答应,就天天都是圆的。"

果儿又在看月亮,看月亮里的山,月亮里的树,月亮里的山楂、杏、兔子……妈妈朝山下的路上看着,果儿还小,不知道一个大人的心思,不知道妈妈在想什么,妈妈看路,是在等待路上的人,等待路上的身影。妈妈不但来牛腰坡上看月亮,也去路口等,牛湾村的人知道妈妈的心里在想什么。

月亮的光把牛腰坡照得更亮了。

山上的风渐渐大起来,夜越深山上越凉,妈妈用身子裹着果儿,看月亮一点一点地升高、长大,把整个大山都照亮了。妈妈学着姥姥的话:"这个世界就是这样。"

后来,果儿常常被妈妈背到牛腰坡上。果儿怜怜地央求妈妈："妈妈，咱还去山上看月亮吧。"妈妈就背起她，从门前的山路上绕过去，一截一截往山上走。妈妈在山上和她背儿歌："月光光，月光光，开开大门洗衣裳……"唱着唱着，妈妈会突然沉默，甚至哽咽，她更紧地搂着果儿："果儿，月亮最圆的时候妈妈都带你来这儿看月亮。"

第一章 天上的月亮

第二章　果儿的家

一

从哪儿说起呢？

从果儿的出生，还是从果儿第一次出山，抑或从果儿开始上学说起？人和人的经历是不同的，虽然都生活在蓝天白云下，但有的地方有山，有的地方有水，有的地方是一马平川的平原，有的地方是崎岖的丘陵。一方水土养一方人，可水土是有区别的。果儿呢，和一座大山有关，山叫苍峪山，山上有树，有鸟，有野菊花，有桃子，有杏子，有酸枣，有山楂……都是果儿喜欢的。

还有向日葵，也是果儿喜欢的。她们家门前的那片沟地里每年都会种上一沟的向日葵，向日葵一到夏天就开出淡淡的黄花儿，一朵花儿挤着一朵花儿，山沟里开成一片花海。太阳落山向日葵就把头低下去，太阳出来它们的头又抬起来，花盘上的潮湿被太阳晒干、被风吹干。果儿喜欢在一个小石墩上坐着，看着向日葵的棵儿长，看着向日葵的花儿开，小手抚着下嘴颌，或放在小膝盖上，把向日葵生长的过程都看在眼里，记在心里。她后来上学开始写作文时，曾经在作文里写道："我看见门口的向日葵都开了，黄色的花儿在风里飘，在太阳下笑……"在她的作文里，葵花儿落了，结出了比白馍还大的盘，盘上结出一层层、一窝窝花花的黑黑的籽儿……

果儿还喜欢一种花，叫指甲花。指甲花也叫凤仙花，可她们那里就叫指甲花，因为指甲花是用来染指甲的，从妈妈第一次用指甲花给她包指甲，她就爱上了这种花。第一次，她记得的，妈妈把她抱到指甲花前，那花红红的,一团团地长在花梗上,花的梗也是紫红的,叶儿也是暗紫的。妈妈问果儿:"乖,这花好不好看?"果儿从妈妈的怀里往外挣,挣到了地上,挣到了花前,摸住了花,妈妈还一手扯着她,脸上带着笑地看着她。妈妈捏住了她的指甲:"果儿,我们用这花把你的指甲染得红红的,好不好?指甲一染会更好看。"妈妈数着她嫩嫩的小手、嫩嫩的指甲:"1、2、3、4、5、6、7、8、9、10。"妈妈说,"咱先染一只手,一只手上是几个手指呢?"妈妈又数,"1、2、3、4、5。"果儿还在摸着花,她的一个小指肚上染上了花粉,变成了红色。她点点头,把指头伸给妈妈,瞅着指甲花,嗯了一声。

妈妈让她坐在一张用玉米裤编成的软凳子上。果儿坐好,妈妈去摘了指甲花,然后找了一个小碗,把花放在了小碗里,找来捣蒜锤,一只手捂着碗沿,另一只手砰砰地捣着碗里的花。砰,砰,砰,指甲花被捣成了一片片;砰,砰,砰,指甲花碎成了花粉,变成了彩色的浆,彩色的花泥。妈妈把碗端起来给果儿看,说:"果儿,坐好啊,妈妈马上就给你包指甲了。"妈妈进了屋,找来了矾,找来了盐,分别往碗里放了一点点,又在碗里搅几下,然后起了身,往院子的一侧走。院子的一侧长着丝瓜、梅豆,丝瓜和梅豆的叶儿长得葱茏,妈妈犹豫了一下,在一棵梅豆前站住,欠起身摘了几片梅豆叶。摘了梅豆叶,妈妈又看一眼果儿,果儿稳稳地坐着,看着妈妈走来走去的,可能在想,包个指甲要这么忙吗?妈妈回到果儿身边,拍了一下果儿,说:"果儿,妈现在就给你包上。"妈妈找来几根红色的线,坐在了果儿的面前,扯住了果儿的一只手,想了想又换成了另一只手。她是想了想果儿睡觉的习惯,果儿睡觉爱枕着右手,妈妈选择了给果儿包左手。妈妈把捣好的花粉一点点涂在果儿的几根手指上,吩咐着果儿不要动。涂好了花粉,妈妈又把梅豆叶包在花粉上,再用彩色的线往梅豆叶上缠,一道道缠得很结实,果儿的指头开始变粗。妈妈问果儿:"不疼吧?"果儿摇摇头,妈妈慢慢地把果儿的几根手指都缠上了,果儿的那只手暂时变成了

第二章 果儿的家

青色，有些笨，有些不适应。可她向往红指甲，就听妈妈的话，尽量保护包着的几根指头，小心翼翼地不让那些叶儿脱下来。

这一夜果儿睡在妈妈的身旁，隔一会儿看看包着的手指，唯恐梅豆叶和梅豆叶下的花粉掉下来。妈妈不断地哄着果儿："坚持哦乖，明天一早妈就给你解下来，你的手指甲就染成了彩色，可好看了。"

第二天，果儿看见了自己变成彩色的手指，在早晨的阳光下，那几根手指上的指甲变了颜色。她又去看了指甲花，一会儿看看手指，一会儿看看指甲花，把手指放在太阳下晃，充满了好奇。

还得说到果儿的出生和她的名字。果儿生在秋天，满山的山果都成熟了，向日葵也都采摘了，就取了名字叫果儿。

果儿小时候胖，小手腕处一节一节的，像白色的莲藕。果儿看过自己满月和一百天的照片，照片上都是一个胖嘟嘟的女孩。

那是爸爸和妈妈抱着她到镇上照的,镇上有一家照相馆,照相馆在镇东头的一棵大槐树下,离镇政府大约有三百米的距离,镇里离他们家有二十多里的山路。她是被爸爸妈妈抱着抄小路到镇上的,那条小路在山后,要攀过几次山崖,再往山下走,越过一条山沟,沟里的水在雨季潺潺地流动,小石头被冲得干干净净的。爸爸妈妈走得小心翼翼,果儿被绑在爸爸的背上,妈妈在爸爸的身后扶着他身上的果儿。遇到路窄坡陡的地方,他们紧紧地抓住路边的树枝,爸爸先过去,再回过头准备把妈妈拽过来。妈妈不让他拽,说背着孩子不安全,操孩子的心就行。他们就这样往前走,妈妈看果儿先是睁着好奇的眼睛,小嘴嘟噜着,小手不自觉地晃动着,后来就慢慢地在爸爸的背上睡着了。妈妈说:"再去镇上我们不走这条路,带孩子走这条路不安全,我们还是走大路吧。"那条大路就是在牛腰坡上能看见的那条路,弯弯曲曲,从山下修上来的,可以供一辆汽车上山,每隔一段路有一处宽余的地方,是用来会车的。没办法,山上修一条路不容易，一条路陆陆续续修了好多年，一截一截总算彻底修好了。但大路远，走大路远了将近一倍的路程，要多走一个多小时。所以山里人下山如果是步行，又不带什么东西的话，都会选择抄近路。

果儿的爸爸点点头，说："王山妮，你说得对，下次我们带孩子一定要走大路，大路安全。"

他们走近了大槐树，去推照相馆的门，推了几次，听见门搭哗啦哗啦响，才想起抬头看，看见门上贴着一张纸，纸上写着："我到西洞村给一个老人照相，有来照相的等我。"两个人相互看一眼，往槐树下一坐。他们坐在槐树下的石凳上，秋天的风刮过几场，槐树下落满了青青黄黄的叶子。妈妈接过了果儿，把奶头擩在果儿的小嘴里。两个人看着照相馆的门，看见照相馆的外边有一个橱窗，橱窗里贴着十几张照片，有大人的，有小孩儿的，有大人和孩子合影的，有全家福，还有一张一个孩子拽着羊耳朵、抱着羊脖子的。他们凑近了看，那个拽着羊耳朵的孩子，他们认得，就是他们附近村的。他们合计着究竟照几张,在等照相馆师傅回来的时间里讨论着,最后终于达成了一致,说:"给孩子照两张,我们再和孩子合一张,一共三张就可以,等一百天的时候再来照,一岁的时候再来照,以后每年都过来照几张。"

照相师傅还没回来,他们抱着孩子从橱窗前挪到了槐树下,又从槐树下往镇里的街上走。镇门口的大路是柏油路,分别通往东西和南北的是石板路。镇上也没什么热闹的,无非就是几家小店,有卖吃的,有卖烟酒的。有一家卖小孩服装的,他们犹豫了一下走了进去,看到那些挂在衣架上、挂在墙上的服装,有外套,加棉的。卖衣服的是一个年轻的妈妈,笑嘻嘻地迎他们进去,抓出来一个凳子,说抱孩子的妈妈快坐下来歇息,问他们是不是来照相的。他们点点头。店主往衣架上瞅了瞅,拿出了几件孩子穿的外套,小衣服上绣着各种动物。店主说:"每件衣服上都有一个属相,这件衣服上是一个猴子,适合属猴的小孩儿穿。"店主说着感觉自己拿错了,又找出一件绣着马的衣服,说,"这是一件和今年属相相符的衣裳。"

这原本不在他们计划内的,在出来之前,他们从来没有说到过要买衣服,只是来给满月的女儿照相,跋山涉水主要来实现这个愿望的。可那件衣裳真让他们动了心,绣着的小马活灵活现的,果儿妈妈拿在手里看,活儿做得也挺细,放在果儿的身上一比画,挺搭配的。女儿这时候醒了,蹬着小腿,一只小手挥来挥去,两个人看看衣裳,看看女儿,好像在说,怎么办?我们买不买?店主呢,也不太催,手里还拿着另一件衣裳,一边笑嘻嘻地逗着刚满月的孩子,一边不轻不重地说着:"满月装,是个纪念!"这句话是打动人心的,也是有道理的。店主又在不轻不重地说着:"也不贵,十几块钱。""十几块钱?"果儿的爸爸捣了捣果儿的妈妈,那件衣裳最终被拿在了手里。

回到照相馆,门刚打开,几片槐叶儿也跟着飘进了照相馆里。照相馆的师傅是一个中年男人,刚卸下身上的相机，转身看见他们，问："让你们久等了吧？"他们说："我们等了一会儿，去镇上转了转。"照相师傅看见他们手里的衣服，还有上边的马，说："是要孩子穿上这件衣服照一张吗？"他们说："先照一张再换衣服照吧。"

可果儿偏偏这时候睡着了，一个月的孩子最大的事情就是睡觉。他们晃动着孩子，孩子睡得很香，头歪在褓褓里，小鼻子轻轻地翕动。照相师傅一边忙乎着，一边和他们说着话："刚才去西洞村给一个老人照相，那个老人真是一个老人了，快一百岁了，五代同堂，给老人照，也给他们照了全家福。没办法，我这照相的就像医生出诊，有时候是要出去的。"照相师傅一边说着，一边撕下了留在门上的字条。

果儿醒了，照相师傅对着还是婴儿的果儿摇着手鼓，摇着铃铛，捏着一个皮葫芦咕咕地叫，总算把相照了。那天照了三张，果儿穿着随身的衣服照了一张，换了绣马的褂子照了一张，他们和果儿合影照了一张。

再下山是三个月后,果儿一百天。

那些相片挂在外间的墙壁上,一个明亮的镜框里。果儿慢慢长大后,常常看里边的照片,她指着照片上的父亲,问妈妈:"这个人是谁?"

妈妈说:"你爸爸!"

果儿歪着头:"那爸爸呢?"

果儿妈妈稍一打怔,说:"你爸爸去外边打工了。"

那其实就是果儿妈妈去牛腰坡的原因。

二

果儿的妈妈和果儿的爸爸是在一个工地上认识的,那是在平川,一个离苍峪山很远很远的地方,比县城更大的城市。

果儿的母亲叫王山妮,那时候还很年轻。王山妮是随着山里的兄弟姐妹来平川打工的,她之前唯一去过的城市是他们县城——阵城。在阵城也是打工,在一家医院的工地，来平川打工是再一次下山，还是在一座大楼的建筑工地。楼是平川的老干部大学楼，还有一座老年公寓，据说楼的总造价是几千万。王山妮就是在这里认识了陆远来，陆远来是工地上的一个电焊工。王山妮后来到厨房帮忙，每天都能见到陆远来。

陆远来口音有点艮，话不多，每天就是戴着专用的防护罩、专用的手套在工地上焊接那些粗粗细细、长长短短的钢筋。不仅在平地上焊，还要爬到高处焊，大楼盖多高，焊工就要爬多高焊接，焊花在工地、在脚手架上闪，每天要用去很多根焊条。就是这个叫陆远来的焊工结识了王山妮，或者说被王山妮注意上的。他每天打饭总是去得比较晚，每次下班要先到宿舍里换掉工作服，找到水管洗把脸，吃饭的时候也不和别人争，而是打了饭蹲在一个地方静静地吃。王山妮觉得这个人和别人不一样，不免多看了他几眼，两个人就这样聊上了，慢慢地接触越来越多，慢慢地在歇工时两个人开始一起去街上转，王山妮就跟在陆远来身边。一次，王山妮去倒一锅用过的开水，那锅大，王山妮端着有些吃力，一锅水朝王山妮的身上倾洒。在旁边刷碗的陆远来跑过去，有力的大手接过了大锅，把水倒了，又把锅放回去，赶紧又察看王山妮是不是有被烫着的地方。发现王山妮的脚脖处有一片烫得红红的，陆远来从宿舍找来了几张创可贴。之后他们接触得更多起来，陆远来每天更是走得最晚，总是最后帮王山妮把大锅里的水倒了，帮她把几大摞的碗放规矩了才离开。

他们在一起干了两年。陆远来的家在更远的一个地方，他很少回家。王山妮后来才知道陆远来的父母不在了，而且陆远来是抱养的，上有一个姐姐，早已出嫁。陆远来上学的时候，学习成绩挺好，因为养父母相继离世，上到高二就辍学了，去学了焊工，到外地打工。

实际上后来的故事大家都知道了，两个人一个成了果儿的爸爸，一个成了果儿的妈妈。有了果儿后两个人不能出去了，至少暂时都要守在一起，照顾果儿。陆远来是跟着王山妮回到苍峪山，回到牛湾村，和王山妮开始在牛湾村生活的，算是"倒插门"，做了上门的女婿。回到牛湾村那天，他看着牛湾村的山、牛湾村的树，看着牛湾村的后山上流下来的那条溪水，仿佛这里是熟悉的，记忆里本来就有过这样的地方。他要在这里安居乐业了，重要的是他当了爸爸，有了自己的家。王山妮的家里人呢，也慢慢认可他了。其实也没有什么人，就是果儿的姥姥和果儿的舅舅，还有舅妈、舅舅家的孩子。只是果儿的表哥桐树在她上小学时，已经去山下上初中了。

婚礼布置得很简单，放了一挂长长的鞭炮，准备了几桌饭菜，就在王山妮家的小院里。端坐在主位的是果儿的姥姥。婚礼前陆远来的姐姐和一个叔叔赶了过来，给他们带来一些婚礼上用的东西。

果儿是在秋天出生的，因为满山的果儿叫了"果儿"。

三

果儿不知道,妈妈是从有果儿那一年就开始去牛腰坡的。

果儿一百天,王山妮和陆远来又去了一次镇上,给果儿照了一百天的相,和上次一样给果儿单独照了两张,两人抱着孩子照了一张合影。他们这次照相走的是大路,这是他们上次约定好的,为了孩子的安全。孩子依然是被抱在父亲的怀里,绑在父亲的背上,母亲王山妮紧贴着果儿的父亲陆远来,陆远来两手抱着身上的果儿,有时还伸过来一只手拉住王山妮的手。他们把果儿裹得严严的,很早就出了门。半路上遇到了一辆从山上下来的车,开车的是从柳岭出去的一个中年人,在县城里做生意,老母亲还住在柳岭村,他隔一段时间回来住两天。那个人把车停下来,叫了一声王山妮,说:"你不是牛湾村的王山妮吗?"王山妮回过头叫了一声哥。

那个人把车门打开，说："你们上来吧。"车上就他一个人，两个人犹豫了一下一起坐到了后边的座位上。坐下前陆远来把果儿从身后挪到了胸前，果儿之前睡着了，车开始启动时睁了睁眼，小嘴唇嚅动几下又挤上眼睡觉了。

开车的人姓柳，叫柳大柱。柳大柱知道他们要去镇上为孩子照一百天的相，说："你们要不干脆去县里照吧，县里的照相馆多，反正我也是回城里去，可以把你们一路捎到县城。"王山妮和陆远来对了对目光，看看熟睡的果儿，说："哥，我们就不去了，就在镇上照一张。"柳大柱嗯了一声，说："那就把你们捎到镇上去。"王山妮说："关键是去县里照了，取相片麻烦。"柳大柱说："那倒不是事情，现在有快取的，不过要贵一些。"走了一截路，拐过了两道弯，车在陡弯处喇叭被摁得特别响。过了陡弯，柳大柱问："这位兄弟怎么不说话？"陆远来回了一声："哥好。"柳大柱听了陆远来的话，问："你是哪里人？"陆远来说："省南的。"柳大柱说：

"省南？比省南还远吧？"陆远来有些害羞，说："就是省南的，不过在省南的最边沿了。"柳大柱嗯了一声。车下了一个大长坡，往另一个陡弯上拐，拐过陡弯进入了一段比较长的平坦路，跨过一条沟，再转过几道弯就快到镇上了。柳大柱又问了一句："兄弟，你会一直在这个地方吧？"王山妮抓住了陆远来的胳膊，陆远来瞅了瞅胸前的孩子，说："会，我会的，这里有老婆孩子，就是我的家。"

柳大柱不再说话，向后边递过去一张名片，陆远来接住了。

苍山镇到了。

他们看见了大槐树，槐树上的叶子更少了，槐树下的地面上落满了一层黄叶，几只麻雀在黄叶上叽叽喳喳地叫。他们抱着果儿去推照相馆的门，照相馆的门外多了一挂布帘子，掀开布帘子，门吱呀一声开了，屋子里有热气，师傅正在把几张照片往纸袋子里装，准备在袋子上写名字，抬头看了他们一眼。王山妮说："师傅，我们照相。"

"哦,眨眼就一百天了?"

"你还记得我们?"王山妮说。

"怎么不记得?满月的时候你们在这里照的嘛。还在前边服装店里买了一件新衣裳,上边绣了一匹马,今年凡是来照相逛服装店的,差不多都在她那里买了绣着马的童装。"

"那她的生意挺好啊。"

"明年绣羊的衣裳她已经在做了。"

"明年?"

"明年是羊年啊。"

"啊,那可好看,衣裳上绣着一只白白胖胖的羊。"

"是好看,这个创意好,那些花呀草呀、马呀羊呀、都是她一针一线绣上去的。她之前绣过鸡、绣过猴子、绣过猪、绣过兔、绣过牛……反正12个属相她都绣过。"照相的师傅停下了手里的活计,滔滔不绝地讲起了卖衣裳的老板,好像在为她做宣传。

王山妮听着,看着自己的手,那绣花的手艺自己也跟着母亲学过,可惜好多年不动针线了,都忘了,她摩挲着自己的一双手,觉得有些粗糙,有些可惜。她接上照相师傅的话:"她家是哪个村庄的?"

"白岭。"照相师傅说。

照相师傅在这个冬季的日子好像有很浓的说话兴致,朝着果儿的父亲陆远来说:"这个兄弟你怎么不说话,是嗓子不舒服吗?"

"哦,不,不。"陆远来说话了,"我在听你们聊天呢。那个服装店,我都想照完相再去那儿看看,那马呀什么的真的绣得挺好。"

"是啊,旅游旺季打这儿路过的人看见了都会捎一件两件走的。"

"嗯,值得的,值得的。"

"你……听你口音,不是我们这山里人啊?"

"我也是山里人,在山里长大的,不过,家是省南的。"

"省南？跑这么远找了个媳妇？"

"嗯，缘分！缘分！"

"你们是怎么认识的？"照相师傅意犹未尽。

"我们……"王山妮接过了话头，"我们是在工地认识的。"

"嗯，自由恋爱。那你，喜欢这山吧？"

"喜欢！"陆远来说，"我们那儿也是山，都是山区，有什么不喜欢的。"

"哦，不管什么地方，就是生活，都是习惯。"

开始照相了。

走出照相馆，孩子先被王山妮抱着。王山妮和陆远来走到大槐树下，朝大树上看了看，冬天来了枝头就留不住树叶了。两个人朝镇上走，准备在镇上转一转，计划着给家里捎一些东西回去。这样转着转着他们真又转到了那个服装店，服装店的老板坐在门口的一张小凳子上，在一针一线地绣花，真的开始绣明年的羊了，一只小羊快绣成了。孩子太小了，要不明年再生个羊娃娃？

他们站着看服装店老板穿针走线，又进了店里，看到了不同形状的马，看见一匹小马站在草地上，不远处还有一潭水，绣得太好了。陆远来招了招手，服装店老板看见他目光盯住了一件褂子。他看了一眼王山妮，把那个绣着马的衣服又买下了。

四

王山妮又去了牛腰坡。

陆远来为果儿照过一百天相后就出去了，每出去一次会隔好长时间再回到牛湾村。这次是春节后走的，春节的几天下了场雪，把山山岭岭都覆盖上了一层白色，树杈上挂着雪棒，出山进山都困难了，下山的小路更不敢走，那些朝阳的大路边有些雪在一点一点地融化。幸亏春节前的天还好，过年该买的东西都买过了，陆远来从城里往回捎回来一大包的年货，有点心，有在山上买不到的蔬菜、山里边没有的水果，有给果儿妈、给果儿买的衣裳。给果儿的姥姥买了件大棉袄，还买了一件护膝，果儿姥姥一到冬天有膝盖疼痛的毛病。当陆远来把那件新袄披到老人身上时，老人满脸的皱纹笑成了一朵花，嚷嚷着："山妮，也把你的新衣裳穿上，让果儿也穿。"她们都把新衣服穿上了，王山妮的是一件长到膝盖以下的大衣，果儿的是一件红色的小袄。果儿的姥姥发现了问题："远来，你的呢？我们都有，你也拿出来穿上试试，都新鲜新鲜。"陆远来咧开嘴憨厚地笑笑："我没买，就穿身上的这袄过年了。"那是一件浅绿色的半旧棉袄，袖口和前襟有了泥星的痕迹。王山妮说："你这就不对了。"老人抬起头，看着陆远来，说："是啊，不公平，哪有人对别人好对自己不好的？"陆远来说："真的挺好的，等过年出去我再补上一件，那个时候的棉衣会打折的。"原来陆远来不买的埋伏打在这里。王山妮说："要不，我们去镇上，有合适的给你买一件吧？还来得及。"陆远来摇了摇头，说到镇上又想起那家服装店，不知道她冬天的衣服上会绣什么。

春节很快就过去了，山路也慢慢地被老天、被山民们打开，过了元宵节陆远来又出去打工了。

王山妮在想陆远来的时候就会往牛腰坡上来，牛腰坡高，视线好，看得广阔，可是牛腰坡山高风大，比山下凉，王山妮站在牛腰坡上看着刚刚开冻的山，看着柳树杨树的枝杈上绽出的小芽苞，朝山下的大路上望望，怏怏地往山下走。她知道陆远来不会这么快回来，往往几个月才回来一次，可她还是会往牛腰坡上来，还是会站在牛腰坡上朝山下望。天气渐渐暖和了，山上的草和树都在慢慢地返青，王山妮在牛腰坡上，看到了春天一天一天地到来，阳光一点一点把大地照开照暖照得有了温度，再往后，把山上的花都照得咧开了芽苞，柳树开始结出柳芽，迎春花藤上黄色变成了青色，小花苞正在做着裂开小嘴的准备，连翘花灿烂地开放了。牛腰坡的变化王山妮是看在眼里的，牛腰坡的变化就是大山的变化，山在王山妮的盼望中一天天炸开了，一天天青翠起来。就这样王山妮盼来了陆远来回到山里，又把陆远来送走。一天，果儿会看月亮了，她竟然把果儿背到了牛腰坡上，尤其在每年农历的七月初七和八月的中秋。

一年年，一月月，她和果儿看着天上的月亮圆了又缺，缺了又圆。

五

果儿快两岁时他们发现了异样。

果儿是在这年的春天开始走路的，山上的花又开了，果儿有一天忽然朝前走了几步。那是一个晚上，果儿倚在墙根，像看到了对面的什么东西，突然朝着对面的墙走过去，踉踉跄跄地扶住了对面的墙。果儿的姥姥先发现了，哎哎地嚷着，一脸的意外和惊喜。果儿的妈妈抬起头，果儿已经走到了对面，扶住了对面的墙。她迅速地跑到了果儿的身旁，抱住了女儿，在果儿脸上狠狠地亲了一口。然后她迅速地放下了果儿，蹲到了刚才果儿倚过的地方，向果儿伸出了手。果儿大眼睛闪动着，一只小手抖了抖，似在想着是不是要向妈妈走过去。在短暂的犹豫后，她走向了妈妈，三两步歪着扭着扑到了妈妈的怀里。妈妈和姥姥都惊喜地叫起来，王山妮看见果儿姥姥的老脸上淌下了热泪。

好像有心灵感应，陆远来在几天后回到了牛湾村。那座老干部大学的大楼终于竣工了，他马上要开赴新工地了。新工地在另一个城市，老板给民工们放了几天假，愿意跟他一起去另一个工地的，休息几天就回去。陆远来当然是要和老板一起走，他是老板喜欢的民工，有技术，人又本分，老板一直看重又厚待他。老板给每个人多发了一些奖金，他用这些钱给果儿买了几样玩具和补充营养的奶粉，给王山妮和果儿的姥姥分别买了一件衣服。他每次回来包里都鼓鼓囊囊的。他这次回来要和王山妮在一起多待几天，陪女儿一段时间，然后再到另外的工地上去。没办法，一个男人不可能天天坐在家里，要为一个家奔波。

他先看见了果儿和果儿妈妈，在渐渐淡薄的光线里瞅见果儿的小手被妈妈拉在手里，竟然在院子里慢慢地走路，从一棵树走向另一棵树，从一个石墩走向另一个石墩，从一片菜秧走到了另一片菜秧地，小手还伸出来捏一朵花儿，那花儿像一只白蝴蝶被她捉住了。陆远来不想惊动女儿，可又忍不住跑过去，他怕吓着果儿，轻轻地叫了一声："果儿，果儿，你会走了？"他回头抓住了果儿妈妈的手，"我们的果儿会走了。"王山妮说："你都看到了？"陆远来说："看到了。"说着把母女俩抱在了自己的怀里。

王山妮哄着果儿："果儿，叫爸爸。"

女儿有些陌生地看着陆远来，王山妮说："过两天就和你熟了。"

陆远来抱过果儿往屋里走。

陆远来在即将下山时发现了问题。

快要走了，他对果儿和王山妮都有些不舍。这天，他抱着果儿，又把果儿放下，哄果儿走路，果儿走得越来越远了。可这天他看着果儿走，看着看着觉得果儿有些异样,他就抱住了果儿,说:"王山妮,我怎么感觉果儿走路和别人的孩子有什么不一样,有什么不对劲儿。"王山妮说:"有什么不一样的?孩子刚学走路都走不稳的。"陆远来摇摇头:"我感觉有点不对。"他们又哄着果儿走,这一次他们看得格外细,他们看着果儿走,观察着。这天夜里他们又在果儿的身上摸,仔细地看果儿的身体,终于在果儿的胯部摸出了问题。

第二天他们去了县城里的县医院。这一次他们走在路上的时候又乘上了柳大柱的车。柳大柱把车停在他们的身边,喊着王山妮:"你们这是下山吗?"他们看着柳大柱,点点头。柳大柱说:"上车吧。"上了车,柳大柱问:"你们又是去镇里照相吗?去老槐树下?"他们摇摇头,说:"我们这次想去县城,去县城给孩子照一次,孩子还没有去过县城呢。"柳大柱说:"西门桥那家照相馆,是很多年的老店了,你们可以去看看。"陆远来说:"听你的。"他们没有说去医院。路过镇里时,柳大柱把车停下来,说:"你们稍等我几分钟,我去镇里说两句话，给一张表上盖个章。"车停在路边，坐了一个小时的车，他们也想下来透口气，果儿也该撒尿了。下了车，他们看见了不远处的老槐树，想起在那家照相馆的经历，离老槐树不远是那家服装店，果儿长高了，也许应该再去店里买件大一点的衣服，那种绣着花、绣着动物的衣服。

在县医院，结果很快就出来了。

果儿患的是一种脊椎部分变形的病，类似于小儿麻痹症，但不影响孩子走路，也不影响智力发育，什么也不影响。"那影响什么呢？"陆远来问。"影响孩子长身体。"医生拿着片子指给他们看，片子被吸在墙上的一个屏幕里，光线映照下看得很清，医生说的地方在胯骨和脊椎结合的地方。

"影响长身体是什么意思？"陆远来看着医生。

"就是身体和正常的孩子不太一样，发育会受到影响。"

"那怎么治？"

"要等。"

"要等，等到什么时候？"陆远来求救似的看着医生。王山妮抱着果儿，果儿的眼睛扑闪一会儿又挤上，仿佛受不了如此洁白的光亮。

医生说："要等到可以做手术的时候。"

"你是说要做手术，可以做手术治好？"

医生说："要到八岁或者八岁以后。"

陆远来叹出一口气。

"不过，要有一笔不菲的医疗费。"

陆远来紧张起来："要多少？"

医生看着陆远来，看看果儿和果儿的妈妈，说："几十万。"

"几十万？"

"对，几十万，而且要到省城去做手术，去专业的骨科医院，我们这里目前做不了，或者说没有专业的医院做得好。"

陆远来抓住了王山妮的一只手，仰起头，朝天花板看，天花板上镶嵌着星星样的花纹，他在想再过几年，果儿八岁之后的那场手术，这八年，不，剩下的六年多那种漫长熬心的等待。八岁，果儿已经是一个小学生了，问题是这几年要挣下几十万的手术费，将来顺利地为果儿做手术。

医生看出了他的心思，说："不用急，还有六年的时间，说不定这六年医疗技术更高明，国家的医疗政策会帮助病者减免手术费，时间可以解决很多问题。"

"可我不能等，不能指望那些还没有指望的事情。"

医生说："我只是说有可能。"

"动过手术会怎么样？"

"手术成功，孩子会正常地发育，把这几年的发育补回来，一般一个人有几个发育期……"

"还用到别的地方检查吗？"

"你们不放心可以再到平川去看看。"

他们走出了县医院，大门外是一条南北通透的大街，载着繁忙的人群和川流不息的车辆，他和王山妮抱着果儿犹豫着要不要再去平川。这天晚上，他们先住在了县城，回苍山镇的车每天只有两趟，下午的那一趟来不及了，他们合计着明天坐头班车回，到了苍山镇还要步行两个小时才回到村里，如果能坐上顺路车另当别论。可进山的车太少了，进柳岭的车更少，不是每次都能碰见柳大柱的。他们记住了柳大柱的话，在西门桥找到了那家照相馆，和镇上的照相馆大同小异，房间宽敞多了，照相房里有可以变幻的布景。他们没有犹豫，在西门桥的照相馆照了三张相：一张果儿自个儿的，一张果儿和妈妈的合影，一张一家三口的全家福。照过了，陆远来问："照片可以快一点出来吗？我们明天回山里。"老板想了想说："可以快出，但没有洗的效果好。"陆远来说："那就快出吧。"老板说："我要处理一下，你们等等。"他们就在照相馆里等，透过照相馆的橱窗看到西门桥下的流水，越过西门桥是县城的老广场，广场上空飞动着几十只彩色的气球。陆远来决定等照片出来了带果儿去广场上看气球，和王山妮逛一逛县城，陆远来其实还没有好好地逛过这个县城。

老板从电脑前站起来,去给新来的顾客照相,时光一截截地挨过去,反正今天是不走了。送走照相人,老板又坐下来,这一次听见了吱吱的打印声。

六

那天晚上他们就住在了县城,等着第二天的班车回到牛湾村。

夜里住的是一家小旅馆。果儿睡了,陆远来和王山妮商量着是不是要去平川。商量的最后结果还是去平川找一家大医院看看,如果说的意见一样,那就只好等下去,如果可以及早治疗就不能等。王山妮发出了一个疑问:"如果现在治,那几十万呢?"陆远来沉吟了一下,说:"如果现在能治,恐怕要不了那么多钱,先去看看吧。"

第二天一早,他们就去了平川,挂了个专家的号,医生的意见和县医院的意见基本一致。王山妮问:"那我们这几年还要不要再生一个孩子?"这不是个小问题,陆远来独自想过几次,可现在面对的是要筹够医疗费。陆远来对王山妮说:"我们还年轻,等将来给果儿治好病再要好不好?"王山妮紧紧地依偎在陆远来的身上,默默地点点头。

从医院出来,陆远来叫了一辆出租车,和王山妮去看了竣工的老干部活动大楼。他们是在这儿认识的,现在他们面对的是生活的一个考验,要挣钱,将来治好果儿的病。他们把果儿夹在中间,久久地看着眼前的大楼。

七

有了记忆后的果儿,记得爸爸每次回来给她带玩具,给她买衣服,给她买点心。果儿记得爸爸抱着她在山路上走,和她一起摘山果,告诉她山果的名字,记得爸爸和她走在明亮的月光下，一齐看天上的明月。之后的几年里果儿一直保存着对爸爸的记忆，小心翼翼地玩着爸爸买的玩具。

妈妈带她去牛腰坡的次数更多了。

王山妮记得自己每一次送丈夫出去，每一次陆远来越走越远的身影，每次刚走又在盼望着他早一点回来。这一次，陆远来是在果儿三岁生日后走的。王山妮上牛腰坡更勤了，在牛腰坡上看到了腰带一样的盘山路，看到了错落的沟汊，山顶上的鸟儿在飞来飞去。

转眼果儿四岁了，这一年王山妮只收到陆远来寄来的一封信，邮戳是大西南的一个地方，信里说："放心，我会想着你和果儿，一定会回到你们身边，我在外边挣钱，几年后一定去给果儿动手术，给果儿治疗，等着我。"

接着又杳无音信了。

王山妮和果儿守在牛湾村。偶尔王山妮也背着果儿走出牛湾，去一次柳岭，去一次镇里。她带着果儿又去了镇上的服装店，给果儿挑了一件绣着大大的月亮的衣裳。

果儿那一天在牛腰坡上问："妈，这儿能看到更远吗？"

妈妈回答："你看不到吗？你看那路，那房子，那远处的灯光就是苍山镇，就是县城，那高高亮亮的灯是电视塔，是信号站。"果儿看到了那些星星一样的小灯。果儿问："那爸爸在哪里呢？"果儿妈妈顿了一下，也不能让果儿失望，又继续说下去："你爸爸在那个灯光最多的地方。""你说县城吗，妈妈？""不是，是比县城还大的地方，是平川，你两岁的时候去过一次平川，那是一个更大的城市。"

"更大的城市？"

"对，很多路，很多车，很多大楼，很多人，有一座楼是你爸爸和好多人盖成的，妈妈也在那儿干过活。"

"那爸爸现在就住在他盖好的楼上吗？"

果儿妈妈停了停，朝远处望，那是很远的地方，不会在牛腰坡的视线之内,那里又比县城远了一倍。果儿妈妈对果儿说:"没有,你爸爸没有在楼上住。"

果儿有些失望:"爸爸住在哪儿呢?"

她拉了拉果儿的手,把果儿往身边拉得更近,说:"在一个小房子里住,那是大楼中间的一个胡同,胡同里有一座小房子。"王山妮说着,想起和陆远来在外打工的日子,想起曾经和陆远来住过的工棚。

果儿问:"为什么住小房子?"

妈妈说:"那是盖房子的人经常住的地方。"

果儿说:"妈妈,为什么要住那个胡同?"

妈妈说:"那儿离干活的地方近。"

果儿不解地看着妈妈:"那爸爸为什么不回来呢?"

这问到妈妈的痛处,果儿不知道妈妈除了这天晚上带她来牛腰坡,常常在白天也会登上牛腰坡,她比果儿更想爸爸回来。她对果儿说:"爸爸可能去更远的地方了。"

第三章　在妈妈的背上

一

越过一道山梁又一道山梁，跨上一级石阶又一级石阶，拐过一道弯又一道弯……当走过了十几个弯几十级台阶后，眼前出现了一片开阔地，那片开阔地在两个山头中间，长满了野草，高的地方齐腰深，低的也盖过脚踝。谁家的一头牛被一条长绳子拴在草地上，牛的肚子吃得鼓鼓的，看见有人走过，就仰起头哞哞地叫几声，嘴角挂着草末。草地中间有几条小路，是通往附近几个村庄的。果儿上学了，她们走的这条小路是通往柳岭小学的路，或者说是柳岭通向牛湾的山路。

这条路，果儿每天和妈妈要走两遭儿，至少走个来回。果儿几乎每天都能看见草地上站着的那头牛，每次果儿都会对它摇摇手，那头牛会很懂礼节地还果儿几声哞哞的叫声，还会对果儿摇尾巴，果儿低声地喊着："牛牛，牛牛。"牛看着她，耳朵动动，似在对她说："果儿你好。"每一次从那些山岭上走到草地，妈妈把果儿放下来，伸伸腰，拉着果儿的手从草地上的小路走过，母亲的脚步轻松下来。

出了草地还有一段路，不再是高高低低的山间路，是一条比较宽阔的路，路边长满了山草，山草在山风里晃动，再往前有一条河，河在峡谷中间，河水轻轻地流动，远处的水白白的，像碎碎的银子。这个时候她们已经站在了桥面上，那桥高高的，是石孔桥，水从上游钻到了桥下，从桥孔里穿过，到了桥的另一边，又慢慢地流动。然后，过桥后还有一段路，是进山出山的一个丁字路口，过了路口就可以看到果儿的学校。

丁字路口往东的一片坡地上就是果儿的学校——柳岭小学。学校的院子里有两座房子，是学校的教室，教室都是石头垒砌的，墙体是清一色的青石。远远地就能看见，校园的几棵大桐树，几只鸟儿在桐树上飞来飞去。比桐树高的是一个高高飘扬的旗杆，旗杆上飘扬着国旗，如果找柳岭小学，找到了高高飘扬的五星红旗就找到了学校。学校坡地下就是连片的山，坡地长满了草和野花。山下是一个长河谷，每到雨季，河谷里汪满了水，水清洌洌的。

六岁的果儿开始上学了，果儿上的是学前班，山里的学校也设置了学前教育。

开学的前几天，妈妈给她缝了一个书包，各种颜色的布叠加在一起，连缀在一起，花花绿绿，像一片盛开的山花儿。果儿瞅着妈妈抻开的书包，小手在书包上摩挲。妈妈把书包挂在墙上，挂在院子里的树枝上，简直就是一幅画，像天上的一片彩云被妈妈裁剪了。果儿的眼睛跟着妈妈移动，问妈妈："妈妈，我是挎这书包上学吗?"

"当然啊。"

"好看。"果儿盯着妈妈缝制的书包。

"妈妈,我是把学校发的课本装在书包里吗?"

"当然啦。"

"妈妈,那我每天都要背着这个书包上学呀?"

"是啊。"

"妈妈,我就一直背下去,一直背到大姐姐大哥哥去的那些学校里。"

妈妈想了想说:"那时候妈妈再给你做一个大书包,书会越来越多。"妈妈比画着。

"嗯,那书要多到多少啊?"

妈妈说:"反正这个书包慢慢地是装不下了,以后妈妈给你缝个大书包,爸爸也会给你买个大书包的。"

"爸爸……"果儿没往下说了,她怕妈妈不高兴,爸爸已经两年多没有回过家了,她都想不起爸爸的模样了。姥姥在一旁看着她们,说:"好了,好了,别扯得太远了，到时候果儿说不定喜欢啥样的书包呢。"

"嗯，就是啊，果儿慢慢地就长成个大姑娘了。"

果儿打一下姥姥的手："不，我不长大，我就守在妈妈身边，和妈妈、姥姥在一起，等爸爸回来和爸爸在一起。"

可是，她却要妈妈背着才能去上学，尤其上山的那段路。山路长，不好走，果儿太小，又有走路的问题，她那条腿越大走路越有些显了，有点慢，有点拖拉，她的身高也看出来受到了影响，分明没有同龄的孩子长得快。书包也是要背在妈妈身上的，到了学校才从妈妈的身上摘下来，再挎到果儿的身上，果儿的妈妈把书包帮她挎好，拍着果儿，说："果儿，上课去，等放学妈妈再来接你。"果儿挎着身上的小书包，一步一步地朝着教室走。妈妈在学校的门口看着，果儿走到了教室门前，转过身，朝妈妈挥着小手。

果儿的学校生活就这样开始了。

从牛湾到柳岭小学走路要一个多小时的时间，果儿妈妈王山妮每天合计着，几点钟起来做饭，几点钟和果儿出门，几点钟赶到学校。往往起来的时候天还灰蒙蒙的，麻雀等那些山鸟在后山上叫，东山的天上勉强挤出来一条细细的黄线。妈妈做好了饭，先把饭盛好，叫果儿起来。姥姥也从床上起来了，每次果儿上学前姥姥都会起来，看着果儿出门，和果儿摇着手再见。王山妮给姥姥盛好饭，开始背着果儿出门。果儿后来查过数，妈妈背着她要走大大小小八十一个台阶，王山妮在心里一惊，这个数好像她不大喜欢，难道果儿要经历九九八十一难吗？

从果儿上学开始，王山妮的生物钟都服从了果儿，早上送果儿，中午要给果儿送饭，她一掂两份，等果儿下课了陪果儿一块吃。吃过了，要匆匆地下山，她回去还要干地里和家里的活儿，闲的时候要去后山采药材，把药材打理好，晒干了到山下卖，用这些钱供她和果儿生活用。每天看着太阳往西走，她又要匆匆地走一次上山的路，在果儿下午放学前赶到学校，把果儿背回来。

陆远来的姐姐，是在果儿妈妈背果儿回家时和她们相遇的，她带着疲惫，站在从柳岭到牛湾的路口，看见了背着果儿的王山妮一步一步朝崖口走来。

王山妮停下，看着站在路边的女人，两个人四目相视，眼对眼地看着，身后就是苍山，就是一条河，就是山上的白云，就是一片开阔的草地……而王山妮身旁真真切切站着的是她的女儿果儿，刚刚上学、她每天都要接送的女儿。王山妮又更紧地抓了一下女儿，生怕女儿从她的手里消失，她的目光还在看着陡然出现在面前的女人，一个风尘仆仆的女人。在将近一刻钟的停留、停顿和凝视后,双方几乎异口同声地喊:"姐姐——""弟妹——"没有多余的解释，她们的手握在了一起，不但手握在一起，而且抱在了一起，她们在拥抱的一瞬间，眼泪淌了满脸。

那是一个山区的黄昏，太阳正稳稳地落向山背，山梁被镀上红红的晚霞，向晚的云彩在霞光里聚积，鸟儿穿过山林，叽叽喳喳叫着，微风吹过山脊，吹过峡谷，路边的野草在飒飒拂动。小果儿疑惑地看着这一幕,看着两个大人握手、拥抱的举动,似乎看到了父亲每次回家,母亲对父亲的那一种渴望的拥抱。果儿紧紧地攥着妈妈的衣襟,目光穿过两个大人的缝隙,轻轻地叫了一声:"妈妈。"她们松开彼此,姐姐说:"侄女都这么大了?真好!"她弯下腰抱住了果儿,紧紧地抱在怀里,在果儿的脸颊上亲吻。王山妮说:"嗯,她已经六岁了,今年刚上学,学前班,明年就一年级了。"姐姐拍了拍自己的头:"哦,没想到孩子已经这么大了,真是怠慢了弟妹,对不起孩子。"

王山妮醒悟过来了,在一片晚霞中,拉住姐姐的手,说:"我们走吧,还有一段路呢,你一路走来累了吧?"

姐姐说:"没事,不累,我们那儿也是山区,不都一样嘛。"

姐姐说着要替王山妮背果儿,王山妮没有让姐姐背,说:"你累了,我都习惯了。"

她们相携着回到村里，村头的喜鹊在枝头叫了几声，远远地看见姥姥在外边站着，每天这时候姥姥都是这样，扶着一棵树站着，等着果儿回家，一头白发在夕阳里飘，举起手喊："果儿，果儿，果儿回来了。"果儿大声地应着："姥姥，姥姥……"

二

姐姐在牛湾待了三天，那是她们亲密无间、无话不谈的三天。白天，姐姐坚持和王山妮一起去送果儿，中午和王山妮去给果儿送饭，王山妮去接果儿的时候姐姐在家里做饭，和姥姥拉着家常。她们就像早已经生活在一起的一家人，等果儿和妈妈回到家里，四口人围在一张小桌旁一起吃饭。

那几天两个女人把什么想聊的话都说了。果儿睡了后她们走在院子里，走在门口的那片山前，走在收割的向日葵地里，坐在秋天的月光下。王山妮知道了陆家的一切，知道了陆远来的母亲生了姐姐后生了一场大病，失去了生育能力，才抱养了陆远来，因为是从一个很远的地方抱来，所以才取了"远来"的名字。后来，父母的身体越来越坏，相继离开了人世。那一年陆远来正上高中，本来他学习挺好，因为两个老人看病家中欠下了外债，于是远来不再上学，等父母离开人世后当了焊工，开始出来打工。姐姐说到这儿有些愧疚，坐在月光下流泪，她说："我应该让弟弟上完高中参加高考的，弟弟的学习好，有天赋，那电焊的技术是弟弟自己去了一家培训班，考了电焊证的。"

王山妮看着一脸惭愧的姐姐，说："姐，不用这样说，现在挺好，如果不是陆远来学了焊工，进了工地，我们也不会认识。"

她们在夜晚的月光下坐着。

王山妮说到了果儿的病，说到了几年后的手术，说陆远来就是因为这个离开家去了更远的地方，两年多没有回来了。

姐姐拉住了王山妮，不知道该怎样安慰这个年轻的母亲，这个亲人。但她说："你放心，我弟弟不是忘恩负义的人，他的经历、我们的经历教会了我们怎样做人。弟妹，你先忍着，一切苦你先担着，将来让远来还你，他离开前我见过他，这边的情况其实我都知道。你别怪他，他一定会挣一笔钱回来，将来为果儿动手术。等果儿动过了手术，你们考虑再要个孩子。将来……将来，我们也可以让果儿到其他的地方学习和生活。山妮，好弟妹，你受苦了。"

姐姐是第四天走的。王山妮和姐姐一起把果儿送到学校，姐姐在学校外和果儿告别，搂着果儿："果儿，姑姑还会来看你的，以后带你去姑姑家里看看。"果儿看着一起生活了几天的姑姑，恋恋不舍地和姑姑告别。

王山妮一直把姐姐送到了苍山镇，姐姐在苍山镇坐去县城的车，之后还要从县城倒车到平川，从平川坐火车回去，路上的时间要将近两天。

车不是随时都有的，要等到整点，等待发车的时间，两个女人在小镇上转。她们去了老槐树下的照相馆，王山妮向姐姐叙述着第一次给果儿照相的经过，第二次给果儿照相的经过。王山妮又带姐姐去看了那家服装店，服装店的生意不冷不热，一如既往地开着，依然挂满绣着各种动物的服装。王山妮讲照相的那天给果儿买了绣马的衣服，姐姐看着衣服上栩栩如生的动物，执意给果儿买了两件。

车来了，姐姐和王山妮告别。

三

转眼又是一年过去了，果儿真正成了小学生，上了一年级。可是，学前班的同学只剩了两个人——她和山叶儿。原来的三个学前班的同学都下了山，去镇上或县城，大人给他们安排的地方上学去了。山上的村庄越来越空了，山上的小学生呢，也是越来越少了。果儿和山叶儿成了一年级的学生，原来一年级的升上了二年级，二年级的升上了三年级，三年级的升上了四年级。每个假期里几乎都有人离开山里小学，现在的情况是，一年级里就她和山叶儿两个人，一间房子的教室里空荡荡的，整个学校从一年级到四年级一共才十四个学生，学校里的人越来越少。镇里负责教育的副镇长和镇教办的领导一连来了柳岭小学几趟，商量着这以后下去怎么办，按教育法的规定，方圆几十里之内是要保留一所学校的，而且根据这片村庄的情况，柳岭小学不能撤，该有的政策得落实，该有的待遇要让柳岭小学的孩子们一样得到。

学校里只留下了两个老师，一个是严老师，他已经快六十岁了，再有几年就要退休。他从高中毕业那年回到柳岭小学任教，近四十年了。他的家就在附近的土凹村。教办的人和他谈话，说这个学校就交给他负责了。严老师说："只有两个老师负什么责？要什么领导？"教办的人赶忙纠正，说："严老师，这不是几个老师的问题，是十几个学生，你要对他们负责。"严老师把这句话听到了心里，觉得这句话说得对。严老师说："这一点你们放心，即使只剩下一个孩子，该怎么教还怎么教，几十年都是这样过来的。"

严老师说着，瞥向院子里的孩子，那些孩子在院子里嬉闹，晒着太阳，小身子在国旗下跑动。严老师朝国旗仰望，国旗在山风中猎猎飘扬，映在蓝天白云里，仿佛一片红云。学校一直有国旗，只是旗杆一直在变化，由木制的到钢管的，这杆国旗的高度是9.6米，严老师记得清楚。他是十七岁从山下高中毕业返回到山里当的小学老师，那时候山区的学生都还老老实实地在山里上学，这所大山深处的学校曾经红火过，最多的时候有一百多号学生，不像这几年越走越少。每走一个孩子，他心里就会失落一分，他会看着孩子坐过的地方愣上一阵，好似学生还坐在下边，还在静静地听他讲课，他数着班上的人头，数来数去还是少了，有一种失落或者隐隐的惆怅。学生离开前来和他告别，他在山路上站着，目光追随着学生的身影，直到视线里只剩下亘古不变的大山。

严老师望了一眼国旗,学生越来越少了,每次升旗,学生都屈指可数。

他的头发早几年就白了,白了一半还多。儿子和女儿从山下给他买回来的染发剂,他只用了一次就不用了,他对那种东西有些过敏,白就让它白吧,一个老师,教的是孩子们要学的知识,不在乎那些。时光就这样过去,他数数,从十七岁到五十七岁,那是四十年的光阴,自己到底带过多少班级,教过多少学生,自己都说不清。他看着国旗,从心头升起一种仪式感和庄严感。

自从学校的另一个老师随着学生的减少而调走,他的心思愈加地沉重起来,学校和学生都交给自己了,他每天念叨着学生的名字,怕哪一个孩子因故来不了学校。放学了,他又等着学生被一个个接走,大部分孩子是爷爷奶奶来接,因为父母都出去打工了。每天来接果儿的还是果儿的妈妈。

学生走完了,他锁好教室门和校门后往家走,身影渐渐地被一道山梁遮住。

四

果儿喜欢老师家的那只山羊。

和果儿一样喜欢山羊的还有山叶儿。

每次上学,如果看到了那只山羊,果儿就会不自觉地笑出声来,对送她上学的妈妈说:"妈妈你看,就是这只山羊。"妈妈和果儿一起看过去,那只山羊仰着头,羊角动了几下,目光朝果儿看过来,好像和果儿已经是老朋友了,嘴唇嚅动,眯缝着眼,朝果儿"咩"地叫了一声。果儿挣开妈妈的手,朝着可爱的山羊走,走近了摸着羊角,抚摸着白色的羊毛,羊毛白得像雪那样干净。果儿问山羊:"你数数了吗?我今天是第几个来的?"羊扑闪着眼,小尾巴往上翘翘。果儿说:"说,说呀,我是第几个?"羊叫了两声,果儿听出来了,山羊说她是第二个来到学校的。"嗯。"果儿仰头，看见蓝天上的白云，那白云就似山羊的颜色，似山羊的形状，山里的天上有很多山羊形状的白云，或者白云形状的山羊，山里的羊和云都是白的、干净的，山上的草也是干干净净的，所以羊才那样干净。

她不知道山羊有没有自己的名字，如果给山羊起个名字，就叫白云吧。果儿已经在心里这样叫了，羊儿就叫白云。山羊聚精会神地看着路上，看着又走来的学生，看着严老师站在路口等着还没有到来的学生，等着山路上出现的学生和家长的身影，又一个学生来了，严老师拍一下学生的肩膀，对家长说："放心吧。"家长的身影折回走过的山路。

果儿和山羊站在一起，看着山叶儿来了，来送山叶儿的是她爷爷。山叶儿那天换了一身衣服，显得又精神又洋气，羊角辫在身后抖动，辫子上系了个蝴蝶结，蝴蝶结上扯出两条红色的头绳。山叶儿看见了果儿，果儿站在山羊的身旁，山羊在她走到路口时叫了一声。这一声在果儿听来叫得格外响,好像知道她和果儿是一个年级,两个人是好朋友,是在告诉她山叶儿来了。山叶儿向果儿举了举手,朝果儿走过来,山羊站在她们两个中间很温驯,任两个人抚摸,看着它笑,一字一句地议论它。果儿说:"这山羊要有自己的名字就好了,叫羊的羊太多了。"山叶儿点点头,说:"果儿,那叫什么名字呢?"果儿又朝天上看看,白云朵朵在蓝天上流动,就像天上也跑着很多羊。她把刚才想的对山叶儿说了出来:"我要叫它白云。"她的头还在朝天上看着,山叶儿的目光也朝着天上,一起看着天上的白云。山叶儿说:"果儿,我也觉得这名字好听,可不知道老师愿不愿意叫它白云。"果儿拉住了山叶儿的手,说:"以后我们问问老师,他要同意,我们就这样叫了。"

山叶儿郑重地点点头。

同学们都到齐了,在严老师的目光中自觉地形成了一个队形,然后顺着下坡的山道往学校走,山羊机警地跑到了最前头,蹄子叩着小道上的石板,嗒嗒地引路,他们跟在山羊的后头往前走。小道两旁是还带着晨露的小草，山羊提前站到了校门口，十几个学生陆续走进了教室。

上课铃一响，山羊又去找它的草地了。

五

果儿和山叶儿成了好朋友。

一年级只剩下了她们两个，原来的三个男同学都走了，一个去了镇里，一个去了县城，还有一个去了另一个乡镇。据说他们都在山外边落户了，那儿没山，都是平平坦坦的大平原。山下的村庄都是大村庄，有平坦的大马路；山下的河也比山里的河宽，河里能行驶小船；山下的学校大，有教学楼，有大操场……

果儿问："山叶儿，有一天你是不是也会走啊？"

山叶儿摇摇头："我不知道，走不走不是我们能说了算，也不是我们想不想的事儿。"

"要是有一天你爸爸给你找好了地方，要你走呢？"

山叶儿不说话，看着果儿。

果儿说："你是不是特别想走？"

山叶儿说："我说不清。"

果儿说："你要是走了，这间教室只剩我一个人了，老师还会给我上课吗？"

山叶儿说："会，怎么不会？现在我们两个人上，一个人了照样上。"

果儿看着讲台，想着一个人听课的情景，有些发蒙。

山叶儿拍了她一下："想什么？我不会走的。"

果儿说："山叶儿，你要是哪天走，会不会来告诉我？"

山叶儿点点头，山叶儿和她钩指头，说："我不会走的，要真走，一定会来和你说一声。"

果儿朝着窗外望。

山叶儿突然问果儿："果儿，你爸爸还没有回来吗？"

果儿点点头:"没有。"

"那你爸爸有消息吗?"

果儿点点头,果儿说:"爸爸可能去外国了。"

"去外国?外国是什么地方啊?"

果儿说:"就是另外的国家啊。"

"去外国干什么?"

"爸爸去外国挣钱,将来给我动手术。"

"那在咱国家不能挣钱吗?"

果儿托着下颏,说:"不知道,妈妈说去外国工资高。"

"那外国有多远啊?要多长时间才能走到?"

果儿说:"我说不清楚,有飞机,飞机快。"

她们朝窗外看着,好像天上正有飞机飞过,果儿的爸爸就坐在这架飞机上。

严老师来给她们上课了。

严老师在黑板上写下了题目,写下了要讲的大字、拼音。严老师领着她们念,看着她们的口型,她们听得很认真，两个人坐在一排，一个人一张课桌，后边的几张桌子空着，排放在教室里。每堂课严老师严格地按课时讲，一堂课45分钟，该下课了，严老师走下讲台去摁铃。

老师在给其他班级讲课的时候，两个人安安静静地写作业，彼此能听见呼吸声，听见铅笔的滑动声。屋里好静，写一会儿作业，两个人互相看一眼，她们侧耳能听见老师在另一个教室上课，快写完的时候两个人相互递一个眼神，把自己的作业本朝上举一举，嗯，我就要写完了。另一个说，写完了，背课文，背老师叫我们背的《三字经》《论语》。有时，也会有一个写累了，趴在桌子上睡着了似的，另一个会敲一敲对方的桌子，或把对方晃醒。

山叶儿的爸爸妈妈都去外地打工了，送山叶儿上学的是她的爷爷，爷爷的背已经驼了，把山叶儿送到学校，再一个人走回村。地里的农活都是爷爷干的，送完山叶儿，爷爷还要去收拾山坳里一小片一小片的农田。

果儿的妈妈也一样,送过果儿去后山上采药,侍弄一片一片的庄稼,太阳往西落的时候,要来把果儿接走。到牛湾的路不能骑自行车,也不能骑三轮车,妈妈接果儿只能徒步走那段山路,走完那无数个弯弯和坎坎。山叶儿家的路比牛湾的路好走,可以骑三轮车,那种人力的三轮车,路陡的地方爷爷骑不动,山叶儿要下车,还要帮爷爷在后边推。爷爷回去的时候山叶儿总说:"爷爷,你小心。"中间的陡坡山叶儿的爷爷不敢骑,手扶着把,摁着刹车。他们家在山坡上,三轮车存放在山口的一户人家里。

一个课间,同学们都在校园里玩,果儿和山叶儿走到校门口,看见了远处坡地上山羊独自待在一片草地上,草茂盛地生长,从坡地往下是一条长长的峡谷,峡谷里的水将干净的光线返上来,天上的云也干干净净的,山坡上有了潮润。果儿和山叶儿看见严老师站在大门外看羊,果儿和山叶儿走过去,叫了一声老师,话是果儿问的:"严老师,羊有名字吗?"果儿的声音嫩嫩的，也怯怯的，她的一只小手摸着鼻子，一只小手握着山叶儿的手，山叶儿在听完果儿说话后点点头，表示她们都想问这个问题。

严老师说："没有呀，一只山羊，我们就叫它山羊，没有给它起名字。"

"那为什么不给山羊起一个名字呢？我们不都有自己的名字吗？"果儿说。

山叶儿说："我舅舅家的狗都有自己的名字。"

果儿说："我一个亲戚家的狗也有自己的名字。"

果儿和山叶儿都很认真，手拉着手微笑地看着老师。

严老师想了想，怎样给这两个女孩儿说，如果她们要给山羊起名字怎么办？哦，山羊为什么不能有自己的名字呢？有名字也好啊，山羊就等于有了一个代号，这两个孩子说得有道理。严老师笑笑，弯下腰，说："你们是想给山羊起一个名字吗？"

果儿和山叶儿都点头。

"那你们想好了给山羊起什么名字吗?"

山叶儿举起拉着果儿的那只手:"果儿,你说吧。"她们情不自禁地抬起头,看见了天上的白云,干净得像棉花一样,自由自在地在天上慢慢移动。果儿就勇敢地说了:"老师,我们给它起了一个名字。"她朝天上指了指,老师和山叶儿都朝天上看,果儿说,"山羊的名字叫白云。"

六

从此,果儿和山叶儿看见山羊,就会轻轻地叫着"白云"。

学校里也慢慢地传开了,果儿和山叶儿给老师的羊起了一个名字。渐渐地,他们看见山羊就往天上看,和果儿、山叶儿一样唤着山羊:"白云、白云……"被叫作白云的山羊迷惑地听着,目光里透着质疑,似在问:"你们在叫谁?是啥意思?"果儿和山叶儿每次看见山羊总是亲热地叫着"白云",拍着它的一身白毛,叫着"白云,白云",说:"山羊,你知道吗?你现在有名字了,就像我们都有自己的名字一样,我们给你起了一个名字。"她们朝头上指指,白色的云朵正在天上飘,说:"你叫白云,白云是你的名字,我们叫你白云你要答应啊。"说着,两个人都朝着山羊叫着:"白云,白云。"渐渐地山羊懂了她们的意思,懂了大家的叫声。每一次山羊再和严老师站在路口时,看见学生来一个叫一声,同学们也朝山羊喊着:"白云你好。""白云"被慢慢喊起来了。

可有一次"白云"差一点丢了。

那天和往常一样,还是蓝蓝的天,天上带着潮气,群山在朝霞里映照着。好像是星期五,又是一个周末,早上果儿和妈妈到路口的时候,看见严老师在路口站着,路边站着两个比她早来的学生,学生的身后依然站着山羊。她在妈妈的背上先看见了学校的轮廓,看见了霞光中的国旗。这是果儿每天一过那个山口,一站到那片草地上就能看见的,她会在妈妈的背上对妈妈指指:

"妈妈,我们学校的国旗。"妈妈每一次都会仰起头,和果儿一起朝远处看,看见了学校的国旗。每次看到国旗就意味路开始变得平坦,走过草地,走过那条峡谷上的桥,再往前,就是每天和同学们一起往学校走的路口。果儿嚷着:"妈妈,我可以走路了,你放下我吧。"妈妈弯下腰,放下了果儿,擦一把额头上的汗,把一双手朝裤子上抹一抹,伸过来一只手拉着果儿。果儿尽管走不快,但是一到这儿就想走路,她喜欢踩在地上的感觉,在平坦的路上走一走,也让妈妈歇歇。

过了那座桥,前边就是路口了,看见了先到的两个同学,还看见了羊,它帮严老师看着路的方向,看着走过来的学生,给严老师打招呼,告诉他又一个学生到了。果儿每一次过了桥就能听见"白云"的叫声,对妈妈说:"白云在和我打招呼呢。"妈妈知道了山羊的名字叫"白云","白云"的名字是果儿和山叶儿一起起的。听见"白云"叫,果儿的嘴角会翘起来,溢出甜甜的笑。

那天上课铃响起后,山羊很懂事地去它的草地、它的乐园了。严老师先给她和山叶儿上了一节语文课,讲的是一个寓言故事,果儿和山叶儿认真地听着。

中午下课的铃声响了,果儿和山叶儿先跑出校门,去草地上寻找山羊,可看不到山羊的影子,果果已经看到来送饭的妈妈在学校门口了,接山叶儿的爷爷站在路口。她们急着找山羊,老师的山羊可不能丢了,山羊每天都要跟着老师在路口帮着老师数学生,等着他们的到来呢。果儿和山叶儿走出校门,走过草地中间的小路,往草地深处走,看到深处的峡谷了,还没看到山羊。山叶儿跑得快,跑在果儿的前头,她们一起在坡地上喊着:"白云,白云,白云,白云,你在哪里?"

严老师也到草地上来了,同学们也到草地上来了,来接他们的家长也跑过来,他们的声音混合在一起,喊着山羊,喊着白云。中午了,同学们都不说回家,都在找着那只山羊,找着被果儿和山叶儿起名的"白云"。

严老师从一条更窄的路上找到了峡谷边上,也没有见到山羊的影子。严老师气喘吁吁地跑回来,他想到要尽快让学生回家，不然会耽误下午上课。他喘着气，说："都回去，都回去，家长都在等你们呢，快回家吃饭，休息一会儿还要赶回学校，下午还要上课呢。"他看一眼陆果儿，说，"陆果儿，快和你妈一起吃饭，你妈还要回家照顾你姥姥呢。"

可同学们都一个个不动弹，问严老师："山羊呢？山羊怎么会找不到？山羊会到哪儿了呢？是不是被人偷了？"严老师说："没事儿，山羊说不定迷路了，说不定一会儿会跑回来。"有家长问："会不会跑到家里去？"严老师这才想起不是没可能，说："你们走吧，我赶紧回家看看是不是跑到家里了。"山叶儿的爷爷说："你和山叶儿都上三轮车，我带你们一起走，先陪你回家里看看。"严老师不同意，说："你快和山叶儿回家吧，你一个人带我们两个不合适。"这时候有一个家长说："我的是机动车，我先带你回去。"

严老师坐上了三轮车。

这时候碰上了柳大柱，柳大柱开车刚从山下上来，见这么多同学都站在大路边,气氛有些不对,问到底怎么了。就有家长说:"严老师家的羊丢了。"柳大柱问:"羊是个啥羊?"几个同学抢着回答:"山羊,白山羊,可白了。"柳大柱听了,说:"严老师你赶紧上我的车,羊可能被人偷了,那辆三轮车上的羊一直叫,路边的人怀疑,截住了,正在盘问呢,你跟我去认羊。"

果儿和山叶儿也要去,求着严老师,也求着柳大柱说:"叔叔,我们也可以去吗?我们特别认得那只羊,那只羊的名字叫'白云'。"

"什么?"

严老师说:"学生给那只羊起了一个名字。"

果儿和山叶儿也坐上了车。

果然是被过路的小偷偷走了。

那只山羊见到严老师和果儿、山叶儿时,有些哀伤地叫着,眼泪流了下来。果儿和山叶儿搂着山羊的脖子,捋着山羊的毛,陪山羊掉着眼泪,说:"没事儿,白云,我们这就回去了。"

第四章　复式班

一

山羊渐渐地从惊悸中平静下来，每天依然和严老师守在学校的路口，配合严老师数学生。只是学生越来越少，两位数变成个位数，个位数变成两位数，两位数又变成了个位数。山羊的叫声还是那样悠扬，在大山里回荡，果儿、山叶儿和同学们还亲昵地喊它"白云"。学习生活按部就班，每次上课铃声响起，山羊又会独自去找它的草地，草地上有时也会有一两只同伴，峡谷里的水在慢慢地流淌，山区的生活清新而且宁静。

果儿每天趴在妈妈的背上,每天走到那片开阔的草滩,从妈妈的背上下来,果儿说:"妈妈,我长大了,这条路我可以自己走了。"妈妈的心一沉,果儿七岁了,往八岁走,按照医生的交代,要去复查,去省城做手术了。如果手术成功,果儿的腰就能挺起来,再长几岁,这崎岖的山路就有力气自己爬了。果儿的妈妈看着那片开阔的草地,看着几乎每天固定守在草地上的那头牛,想着果儿快快地长大,想着果儿的爸爸就快回家了。

放暑假了。

果儿天天和妈妈、姥姥守在家里。布置的暑假作业几天就做完了,妈妈去地里忙的时候,果儿缠着姥姥给她讲故事,姥姥就绞尽脑汁地想着讲给她听,说,有一只狼,有一天装扮成一个孩子走进一家,说……果儿边听边问,姥姥一遍一遍地给她讲,有些故事都讲了几遍了,有时候不是姥姥讲,而是果儿讲了,姥姥开了头,果儿就接着讲下去了……

姥姥讲累了,果儿走出院子,看着满山的绿色,山腰上长着小松树，山缝里开出了白菊花。果儿有一天发现那些菊花全是白色的，开在山腰的缝隙里，果儿羡慕这些花，能在山缝里生长，在山缝里开花。果儿顺着山边走，瞅着低处的山菊花，又往后站站，往上瞅。后来果儿坐在门口的一块石板上，数山腰上的白菊花，一朵、两朵、三朵……果儿数着数着就数迷了，忘了数到多少了，忘了数到哪一个地方了。果儿发现山是会移动的，在太阳照耀下，一点点地移动，太阳移动，山体也移动着。风儿也是可以刮动山的，风大一点的时候山也是移动的，山缝里的菊花和山缝里的小松树被风刮动着，风和太阳配合着，让山不断转换着方向，所以那些山菊花是永远数不清的。山缝里的菊花每天都在生长着，今天数过了，明天又从山缝里钻出了几朵，一钻出来花儿就开了，一色的白，在黧黑的山体上，白色的花尤其鲜艳。

可果儿还是数，她不服气，她慢慢地总结着经验，怎样把白菊花数清楚。她在山腰上找着标记，从一棵小树到另一棵小树之间，再从一棵小树到另一棵小树之间。果儿找来了一块小石片，在门口干净的地儿上记下来，数过了一片再在干净地儿上记下来，果儿用加法把两个数、三个数，更多的数加在一起，基本的数字就出来了。后来果儿还是这样数，她有一天拿出了自己的练习本和铅笔，数过了在练习本上记，在练习本上画，在图上画菊花，在练习本上记录她数的数，记录她算好的算式。

妈妈从山上回来，看见果儿那样认真，说："果儿，你在干啥呢？"果儿手里握着笔，记下一个数才回答妈妈，说："我在数数，列算式呢。"

果儿数过向日葵，一样地数不清楚，这一棵数过了，那一棵又钻出来。果儿有一天顺着葵花地里的小路蹭到了葵花地里，在地里数葵花棵。她用手去触葵花的棵秆儿，才发现那秆儿是扎手的，棵秆儿上好像长着老去的刺。果儿赶忙把手缩回去，从地上拾起一根小树枝，一棵一棵地敲着数。数着数着她知道了，别看门口是个荒滩，原来是种了很多很多葵花的，是怎么数也数不清的。那一天，果儿数着数着数累了，看见崖畔一片茸茸的草地，她摸了摸草地很舒服，往草地上一躺，香香地睡着了。

妈妈找到她时，她手里握着小树枝还在甜甜地睡哩。妈妈把她叫醒时，她迷迷糊糊地睁开眼，迷糊了一会儿才看见眼前的向日葵，对妈妈说："妈妈，向日葵好多，我数不过来。"妈妈有些嗔怪："谁让你数向日葵了？"果儿说："反正我没事。我想数数到底有多少向日葵。"妈妈背起果儿。果儿说："我做梦了，梦见了牛腰坡，我以为我在牛腰坡呢。"

妈妈没说话，妈妈朝天上看，月亮又快圆了，妈妈在又一个夜晚到来时把她背到了牛腰坡。牛腰坡上的月亮又大又圆，朗朗地照着，山川静默，月光下的大山更显巍峨。她们静静地坐在牛腰坡上，看着大山里的一轮圆月。

二

舅舅回来了，还有舅妈，还有小哥哥。

小哥哥放暑假了，他们来看姥姥，让小哥哥来看奶奶。小哥哥在山下上学，舅舅家已经把家搬到山下了，那个地方有舅妈家的亲戚，小哥哥的一个舅舅在那所学校里工作。更主要的是，舅舅给妈妈带来了一个手机，那个手机是飞利浦或诺基亚牌的，黑色的外壳，不算贵的那种。关键是，可以和外边通话了。去年苍山镇架起了信号塔，那高高的塔架就是服务手机的，有联通的，有移动的。舅舅和舅妈教果儿的妈妈使用手机，说有了手机就可以和外边通电话了，主要是可以和果儿的爸爸联系上，不用担心了。这样一说，果儿的妈妈随时就想和陆远来说上话，舅舅说："可以啊，我们已经把卡都给你装上了，卡上缴了费用。"电话真的打通了，果儿听到了爸爸的声音，声音有点陌生有点变调了。果儿看见妈妈在通电话时落了眼泪，果儿为妈妈擦着颊上的泪水。果儿妈妈说："陆远来，你现在到底在哪儿？你什么时候回来？果儿明年都八岁了。"手机后来被舅舅开了免提，在场的人都能听见果儿爸爸陆远来说话。陆远来在电话那头说："到时候我会回家的。你们放心，我只是想多挣些钱，想早点给果儿动手术。"

通话断了。

舅舅说："可能是信号不稳定。"

再打，还是忙音。

舅舅说："也许是陆远来那儿的信号不好。"

果儿不知道什么是信号，她想象着就是能在两个手机间来回流动的一种东西，像神仙似的，那么远的距离像面对面说话。

终于，又打过来，声音不太清楚，有些断断续续，陆远来在电话里说："王山妮、果儿，我这儿的电话不好打，信号不正常，有事儿我们再联系。"

舅舅把几个号码帮果儿妈妈存下了。

果儿妈妈接过电话一直不说话,只是坐在门口的石磴上发呆。

舅妈问:"你这是干什么?"

果儿妈妈仰着头,说:"不管怎样,知道他人还在就好。"

舅妈说:"别担心,去外边打工的人多了,哪个地方的人没有出去打工的?你也出去过,我们也是刚回来。没办法,家里很多事要花钱,能挣钱的时候就得出去。联系上了,你就不用担心了。"

果儿妈妈说:"我知道。"

果儿还在看着手机。

到了下午,舅舅和舅妈离开了,小哥哥留下来住几天。

果儿和妈妈送着他们,妈妈临别前又咨询着手机的用法。

后来不断会有爸爸打来的电话,话有时多有时少,渐渐地少,有时只是报个平安。果儿的爸爸说,他只有一个目的：多攒钱，为果儿看病，给果儿做手术……果儿妈妈知道他的意思。

三

小哥哥的到来让果儿有了一个玩伴，不然假期里果儿实在太无聊了。

妈妈出去干活或捡药材的时候，家里就只剩下了她和姥姥，姥姥的故事讲啊讲啊，就那几个，一遍遍重复着，果儿都能背下来了。果儿对姥姥说："你就没有没讲过的故事啊？"姥姥想了想："我那些故事，你都听过了？"果儿就扳起小指头给她数着：狼装扮成小孩，孩子喊狼，树上的狐狸，峡谷里的水妖……姥姥听了眯着眼，说："那我都给你讲完了，你还让我讲啥呢？"果儿想了想："咱家里的故事你还没有讲过呢。"姥姥说："咱家的故事？咱家的故事有啥可讲的？"

果儿想想，说："说说你和姥爷的故事吧。"

"我和你姥爷有啥故事可讲的?"

"你就讲讲嘛,不然你想想再给我讲个啥呢?"

姥姥说:"你姥爷的故事太老了,他也是咱山里人,还是个表亲。山里人一般不嫁外地人,我就嫁给了你姥爷,和你姥爷成婚后有了你大舅和你妈妈。"

"那我怎么没见过姥爷呢?"

"还不是因为你姥爷死得早。"

"他为什么要死得早?"

"谁也不想死得早啊。"

"我生出来以前姥爷就不在了吗?"

"不在了,比这还早就不在了,你妈妈还没嫁出去就不在了。"

"姥爷走得也太急了。"

"是阎王爷让他走得太急了。"

"阎王爷是谁?"

姥姥就给果儿讲什么是阎王爷。

讲完了,果儿说:"阎王爷太不讲理了。"

姥姥说:"谁对阎王爷也没有办法。"

果儿依偎在姥姥身上,姥姥说:"其实你姥爷是生病走的。"

"姥爷是生病走的?"

"你姥爷身上被砸坏了,活不下去就不在了。"

"谁砸的姥爷?"

"大石头。"

"大石头?"

"是啊,咱大山里到处都是石头,那年咱这儿的山路还没修通,走路磕磕绊绊的,你姥爷背着一个背篓出去卖山果。刚下过一场秋雨,一块大石头从陡坡处往下滑,你姥爷听见石头往下落赶忙躲,没躲得及,石头砸在了他的身上。是一个过路人看见他把他救了。你姥爷的筐还背在身上,石头缝里都是他身上淌出的血,抬到镇上的医院人就快不行了,几天后就走了。"

果儿靠着姥姥,钻在姥姥肘下,看见姥姥掉眼泪,她想起妈妈去捡药材,要走更险更窄的路,她为妈妈担心起来。她等姥姥平静了，一步一步走到路口，去路口等妈妈，看见妈妈背着半篮子药材从山路上回来，拉住了妈妈，问妈妈："妈妈，采药材危险吗？"

妈妈侧过头，看看果儿："果儿今天咋了？"

果儿摇摇头："没事，我怕妈妈有危险。"

妈妈摸着果儿的头："你怎么担心起妈妈了？"

果儿心里憋不住话，问妈妈："姥爷真是被石头砸的吗？"

妈妈这才明白，是姥姥对她讲了姥爷的事。果儿妈妈说："果儿，那是过去的事了，那时候的山路没修好，现在大路小路都被政府整修过了，我不会有危险的。"

"可那些白菊花都长在山缝里。"

妈妈说："我会去能钩住的地方，钩不住、不好钩的地方妈妈不会去，妈妈还要照顾果儿呢，妈妈怎么肯让自己摔着呢？"

果儿这才点点头，和妈妈往家里走，她又坐在门口的石磴上想心思，看门口沟田里的向日葵。

现在,小哥哥王小峰要在家里住几天了。

第一天,王小峰和果儿在门口的小路上走,和果儿看着向日葵,看着路边的野山花、山缝里的野菊花,又让果儿和他去山后看山楂树。山楂树已经结出了很多红红的山楂,山楂的皮变得更红了,还有桃核越长越大了,果树下边的草也茸茸的。王小峰走着走着躺在草地上,往树上看,说:"果儿,我以前看了几年这些山果,看得都腻了。"

"那现在呢?"

王小峰说:"我现在又喜欢这些山果了。"躺了一会儿,王小峰又拉着果儿在果树下钻,还摘了些能吃的枣儿和桃子,过了很久才带着果儿回家。

果儿的妈妈正在做饭,问:"小峰,你带妹妹去哪儿了?"

王小峰对姑姑说了他们去过的地方。

果儿妈妈问:"你想山里,想姥姥吗?"

小峰想了想说:"有时候想,有时候不想。"

"啥时候想，啥时候不想？"

"反正就是想的时候想，不想的时候不想？"

果儿妈妈说："你这是拐的什么弯儿？什么想的时候想，不想的时候不想的。"

王小峰说："姑姑，你别问了，就是有时候想有时候不想。"王小峰继续说，"一个人在家的时候想，玩起来的时候就没时间想了。"

"嗯，你这孩子，是想的时候多，还是不想的时候多啊？"

王小峰说："我没有算过。"

"嗯，是不好算。那你帮果儿把她的作业检查一遍，看都做得对不对。"

"嗯，这我听姑姑的。"

那天下午，王小峰把果儿的作业都看了一遍，他快上初中了，一年级的题目难不住他。他夸着果儿，又让果儿拿出课本往前翻，说："果儿，我教你预习功课吧。"

果儿就跟着小哥哥往前念。

看了一会儿，他们放下了课本。果儿说："哥哥，你给我讲讲山下的故事呗。"

王小峰郑重起来，又想不起来有什么好讲的，说："果儿，山下也没有什么好讲的，和山上一样，我在山下的学校里天天也是和你一样上学，一样吃饭，放学回家睡觉。"

"那山下和山上有啥不一样？"

王小峰瞅着果儿，说："有啥呢？就是到处都是平平坦坦的，到处都是土地和庄稼，望不到边。村外边有一条老河，我有时候喜欢去河堤上看河水流淌，坐在河堤上，河堤下是一条路，有很多车开过来开过去，夏天的时候河水流得急，流得快。如果要到城里去，在村里就能坐车，不像我们要跑到镇上。"

"还有呢？"

"还有，是什么呢？还有，我们学校的人多，每个班上都有几十个人，半个班都比柳岭一个学校的人多。还有，就是我们有音乐课，有体育课，有美术课，有好多老师各教各的课……"

"那你现在能唱好多歌了？"

王小峰唱起来："让我们荡起双桨，小船儿推开波浪……"

果儿跟着唱，果儿说："这个歌我们都会唱。"

"嗯，这个歌我其实也是在山上学的。"

王小峰又唱起来……

"那你们也升国旗吗？"

"当然，我们每周一升国旗，全校的学生排成几个方队，在国歌里升国旗……"

果儿说："我们也升。"

"不过你们的人太少了。"

"少了也升，严老师带着我们升……"

第二天，果儿和王小峰上了牛腰坡。

那是一个晴天，峰峦叠翠，绿水青山，极目远眺，一切景色尽收眼底。一路上，小哥哥先是拉着果儿，后来把果儿背在背上，可是他力气不够，走了几步就走不动了，只好放下果儿，拉着、托着果儿走，经过一段时间的攀爬，终于上了牛腰坡。毕竟年龄小，小哥哥有些气喘。小哥哥坐在坡顶，半躺着，对果儿说："我先歇一会儿，你先玩，你先看。"说着，小哥哥躺在了牛腰坡的太阳下。太阳毫无顾忌地照着，照得人身上暖暖的，有些出汗，好在山上的风帮忙，累和热马上过去了。

来牛腰坡是果儿提出来的。那天早上起来，妈妈又去山田里拾掇庄稼了，去给一块杂粮地锄草。姥姥坐在门槛里，看着外边的日光慢慢扫过来，絮叨地说："天真是好哩，真是好。"

果儿跟着姥姥絮叨了一句："天真是好，真是好哩。"

姥姥张着豁了牙的嘴："小果儿，你又学姥姥说话哩。"

果儿说："没有，我是在夸天，天真是好哩，真是好哩。"

说完，果儿咯咯笑着出了门，出了门还是山，还是山边的小路，山路边的野花。果儿沿着葵花地找着蝴蝶，看见了一只白蝴蝶和紫蝴蝶在双双起飞。果儿追赶它们，它们的翅膀扑扇着，一会儿近，一会儿远，一会儿在果儿的眼前，一会儿又看不见了。果儿说："这蝴蝶真是调皮。"小哥哥王小峰出现在她的身后，打了一个哈欠。小哥哥在山里住这几天总喜欢睡懒觉，说上学时天天早起，要在假期里补补觉。小哥哥跳到葵花地里："我给你捉蝴蝶。"果儿说："你捉不住的，你捉不住，蝴蝶飞得可快哩。"小哥哥在葵花地里猫着腰，等着蝴蝶的出现。那两只蝴蝶从一个方向飞出来了，小哥哥屏着气，忽然伸出手，差不多快抓住蝴蝶的翅膀了，蝴蝶一激灵飞跑了。这一飞，好一会儿没见蝴蝶再飞回来。

果儿见小哥哥从葵花地出来，问小哥哥："哥哥，你去过牛腰坡吗？"

"牛腰坡？"

果儿听出来了，他没有去过。

果儿对哥哥说就是后山上的牛腰坡，她和妈妈去过，山上的一块地方，可大了，山下的东西都能看见。现在，他们爬上来了。小哥哥从草地上站了起来，不说话，望着整座大山，好多好多的景色都被收在了眼里，一道道山岭，一道道川，山上的树，山中的峡谷。原来，在山高处往山下看，是这样好看，他还看见了柳岭小学的红旗，在旗杆上飘扬。他久久地看着，他想起在这里上过几年小学，想起严老师和另外的两个老师，他在学校时学生比果儿现在多了不少。他扯过了果儿，说："你看到了学校的红旗了吗？"

果儿踮踮脚尖，说："看到了，我每次和妈妈上山都看到了。"其实她不用踮脚也能看见。

小哥哥还在望着。

"哥，能看见你上学的地方吗？"

小哥哥在辨认着方向，好像最后认定了，指给果儿看："那儿，应该就是那儿，学校有几座教学楼，有一个塑胶操场，是刚修好的。"他捂了一下鼻子，仿佛塑胶最初的味道还在。

"那所学校叫未来小学，北岸未来小学。"他给果儿解释着，"那个村庄叫北岸村，所以小学叫未来小学，北岸的未来小学，未来，你知道吧？"

"知道，就是以后的意思。"

"不光是以后的意思。"

"还有……"果儿在想怎么表述，想了想说，"以后有希望的意思，对吧，哥？"

小哥哥向她竖起一个大拇指。

"你妈经常带你来牛腰坡吗？"

"隔一段，想来的时候就来了。"

"你想来，还是你妈想来？"

"都有。我来是想看月亮，在这里看月亮可好了。有一天妈妈把我背到牛腰坡，我看到了更大更圆的月亮。有时候我妈想来牛腰坡的时候也把我背过来。"

"你妈她想来牛腰坡？"

"当然，不然我怎么知道牛腰坡？我怎么可能爬上来啊？"

"也是啊。"

"你妈带你来牛腰坡，就是来和你看月亮？"

果儿仰起头，朝远处望，远处是一条曲曲折折的路，从那条路下去，可以走到更远的地方。过了好久，果儿说："我知道妈妈为了什么。"

"为什么？"

"妈妈是在等爸爸，她想爸爸。"

四

开学了，果儿走进学校，发现教室里空荡荡的，气氛有点不对。果儿在教室里前后左右地看着，她在等山叶儿过来，早晨来上学的时候她就在路口等过山叶儿，她走进教室了还在想着山叶儿。一年级和学前班整整两年，山叶儿一直是她的同学，是她的伴儿，是她的好朋友。

严老师过来了，严老师说："果儿，告诉你一件事。"

严老师在教室里走走,看看空荡荡的教室,看看等待他说下去的陆果儿,说:"果儿,山叶儿到山下上学了。"

果儿忽然觉得好孤独。

等严老师出去了,果儿的眼泪哗啦哗啦流出来,她安安稳稳地坐在凳子上,眼泪一直在流。山叶儿,怎么可以连一个告别都没有?还有,山叶儿一走,一个班上就剩下了她一个人,严老师还来讲课吗?这个班会不会被撤了?如果撤了,我去哪儿上学?我还不会照顾自己,怎么办?果儿越想眼泪越往下掉。

门被推开了。

是山叶儿,山叶儿来和果儿告别了。

果儿惊讶地看到了山叶儿,或者说看到山叶儿她惊讶了,她眼里的泪还在包着,包在眼里的泪把果儿的眼睛泡得更大更圆更明亮。她一下子站了起来,脚边的凳子被带翻了,身子失去平衡歪了一下。她没有说话,只含着泪看着山叶儿,看着看着,眼里的泪转动了几下,还是啪嗒掉了下来。山叶儿手拽着门,看着教室,看着陆果儿，她推开门，往果儿的身边走，果儿也急急地往外挪着，两个人相互盯着对方。山叶儿吐出的话带着哽咽："果儿，果儿……"她叫着果儿，叫着叫着就哭了。果儿只是任泪水掉着，两个女孩儿在空旷的教室里拥抱，这个平常只属于她们两个人的教室，此刻没人打扰，任两个女孩拥抱，两个女孩啜泣着、哽咽着。在空旷的教室里，山叶儿哽咽着说："果儿，对不起，山叶儿要下山了，对不起，要把你自己一个人丢在教室了。果儿，我要到山下去了，我爸爸妈妈要出去打工，爷爷年纪大了，又生了病，果儿，我不能陪你了，你照顾好自己……"

果儿像想起了什么，说："山叶儿，你和'白云'告别了吗？"

山叶儿好像也突然想起来，说："没有，果儿，我们去看看'白云'吧。"

她们走出了学校，走向那片空旷又丰腴的草地。她们在草地上寻找着山羊，又一起喊着："白云，白云……白云，白云……"

她们听见了"咩——"的羊叫声。

"白云，白云……"

她们又听见了山羊的叫声，手拉着手向山羊跑，果儿跑不动，山叶儿慢下来，拉着果儿。山羊仰起头，向她们迎过来。山叶儿搂住了"白云"的脖子，把头枕在"白云"的身上，小手在山羊的身上摩挲着，低声对山羊说："白云，我要到另一个地方上学了，不能天天见你了，我以后回山里会过来看你的，你听到了吗？"

"白云"听到了，也听懂了，它的叫声低沉下来，又是一声咩——透着情绪，含着不舍，这已经不是它第一次接受这样的告别了，"白云"的眼角有了黏黏的东西。它站在果儿和山叶儿中间，来回地看着两个同学，仰起头又低下头，眼前还是往日的草地，还是那片山冈，又要有同学离开这里了。它和严老师在路口看到的同学又少了一个，越来越少了……

终于，山叶儿和山羊告了别，拉着果儿往学校走。

果儿扭过头看山羊跟在她们身后，像安慰山羊，果儿说:"白云，我不走，我哪儿也不去，我还在这里，你放心，每天我们都能见面……"山叶儿和果儿又回到了学校，拉着果儿去了教室，把教室的角角落落又看了一遍。走出门，她和果儿站在旗杆下，仰起头朝高高的旗杆上望，红旗在高高的旗杆上猎猎飘扬，山叶儿举起手，默默地向国旗敬礼。

果儿把她送到了路口，路口的那一边，一辆来接山叶儿的车在那停着。山叶儿握住了果儿的手，从身上的书包里掏出了一个红红的东西，山叶儿展开来，那是一方小小的纱巾，山叶儿兜开，红色的纱巾在山风中舞动，像一片红叶、一片红云。山叶儿又把纱巾叠好，郑重地递到果儿的手里:"果儿，这是我送你的一条小纱巾，是一个表姐给我买的，送给你，天凉的时候你搭在脖子上。"说着，山叶儿又拿出一个小东西，那是一个铅笔刀，说，"果儿，还有这个铅笔刀也送给你，我不和你在一起上课了，没法借给你用了，你留着自己用……"

果儿的泪又流下来。

果儿哽咽着:"山叶儿,山叶儿,山叶儿……"

直到多年以后,山叶儿和果儿一直都是好朋友,果儿喜欢写作,她发表的一篇散文就叫《童年的红纱巾》。

五

严老师告诉了大家一个消息,那就是剩下的同学要开始上复式班了。他把几个学生集中到了一个大教室,让同学们按从低到高的年级排好座位,等大家坐好,严老师数了数人数,都到齐了,四个班级七个学生,二年级一个——果儿,三年级、四年级、五年级各都是两个学生,一共只剩下七个学生了。如果山叶儿还在学校,正好每个年级两个学生。严老师说:"同学们,我们要上复式班了。"同学们静静地看着严老师,又相互看看,在想着到底什么是复式班,怎么教。严老师继续说:

"复式班，就是复式教学。没办法，同学们，你们看，越走越少，就剩你们七个同学了。上复式班是经过教办同意的，也是没有办法，我们的学校又不能撤销，大家还小，出去上学也不方便，上边说了，只要有一个学生，这个学校就会存在下去。"

复式班？什么是复式班？大家都扭过头互相看着。果儿和同学们都不懂，尤其果儿最小，对老师的话一时弄不清是什么意思。一个四年级的大哥哥大胆问了一句："老师，就是我们都要在一个班里上课吗？"

严老师庄重地点点头。

严老师说："这个同学理解得对，就是从今天开始我们要集中在一个教室里上课，分开讲，讲一个年级的课程的时候，另外的同学们做自习，写作业、预习都可以。也就是在同一个课堂里分别给几个年级上课，大家要慢慢地适应。"

"那听课多不方便啊。"另一个大哥哥说。

"那不互相影响吗？"还是最开始说话的四年级的同

学说。

严老师说:"不管什么事都有一个适应的过程,大家适应了就好了,不要怕,啥事儿都有一个过程。"老师转过身,在黑板上画竖线,把两米长的黑板画出了四个格子,竖线是用红粉笔画的,竖线画过,分别在每一个框子里写上"二年级、三年级、四年级、五年级"。老师的讲桌上摆着四个课本,从二年级到五年级的。老师说:"今天开始上复式班,但今天不讲课,我先给你们布置作业,各做各的,做完了我再给大家布置预习的内容,各预习各的。"严老师在格子里写着作业的内容:二年级……三年级……四年级……五年级……

第二天,严老师在上课铃声响过后走进大教室,七个同学按照班级的顺序坐好了。今天过来时果儿又去推曾是一年级,现在是二年级的教室的门,那间小教室的门被锁上了,锁得很牢实,锁是一把老铁锁,像是永远不再打开了。果儿摸摸锁,隔着门缝往里瞅,她的课桌还在老地方,屋子里却空了,她这才和几个同学走进了大教室。严老师今天还是不讲课，而是让大家复习上学期的课程，课程从低年级到中高年级都是衔接的，严老师在四个框子里写下复习的内容。下午的时候老师先让同学们一起唱歌，老师让同学们唱的是《童年》。果儿最喜欢的就是这首歌，里边有知了，有树，还有知了的叫声："池塘边的榕树上，知了在声声叫着夏天……没有人能够告诉我，山里边有没有住着神仙……"这首歌老师让大家连续唱了三遍，以前都是在各班上唱，这次合在一起唱，前两遍都不大和谐，到第三遍总算和谐了，声音越来越整齐，越来越嘹亮，越来越合拍。老师说："好多了，再唱一遍。"又唱了第四遍。唱过了《童年》，又唱《送别》……唱过了几首歌，老师提问大家复习和预习的内容，一个年级一个年级地提问，逐个地听着回答，观察着班上的反应。

这样到了第三天，严老师才开始上课。严老师说："前两天不上课，让大家在一起预习，一起复习，一起做作业，一起唱歌，就是让你们先在一起适应。今天我要开始讲课了，希望你们该听讲的专心听讲，其他同学就接着预习，好不好？""好！"果儿跟着一起喊。

整个班里，果儿年龄最小，老师每次上课总要朝果儿多看几眼。老师知道，高年级班上的课程果儿是听不懂的，果儿还小，才二年级。老师悄悄地观察着果儿，果儿从最初的受干扰，到慢慢地适应了。老师也会把果儿先喊到另一间房子里，就是老师的办公室里，那里有一张小桌子，老师让她坐下来，看自己的课本，预习，做自己想做的作业。

可果儿却悄悄地回到了教室里，先踮着脚，小心翼翼地走到教室的门边，看着教室里三、四、五年级的哥哥们。她轻轻地走到自己的座位上，抬头看一眼黑板上二年级的那个方格……

果儿慢慢地适应了。

复式班真正开始了。

第五章　大城市的孩子

一

大城市的七个孩子是在国庆节前来到柳岭小学的。

由于海拔较高,山上的气温有些低了,山上的温度和山下有几摄氏度之差。带孩子们来柳岭的老师可能有经验,也估计到了。严老师在他们来之前也给他们说过,让他们多带几件衣服,还要带好走山路穿的鞋子。

严老师提前在班上给同学们打了招呼,说有老师要从大城市里带几个学生来,和他们一起生活,一起上课,互相交流,要住上几天。城市?大城市?他们互相看了一眼，猜测着，大城市，多大的城市？不是县城，也就是平川了吧？在他们所知范围内的大城市，就是平川了。如果再大，那又是哪一个大城市呢？"是省城吗？"一个大哥哥问了。

严老师说："对，就是从省城过来的。"

省城，就是比平川更大的地方了。可是省城是什么意思？果儿心里想不清楚，为什么是省？为什么要叫省城？那个城市就叫省城吗？她心里纠结着，开始想象那些将要来到柳岭的姐姐和哥哥。会有女孩子吧？她想问老师，但只是把小手托在下颏上，看着老师，看着下课后的大哥哥们，听着他们的讨论，没有再问。她在心里想着一定会有女孩儿，会有大城市的姐姐来，要和他们一起听课，一起生活，据说还要和他们回家住。严老师说他们这次来，就是要体验山里的学习和生活。果儿在心里一直期待着，在心里想象着，大哥哥大姐姐，或者和自己一样大的城里的同学会是什么样子？会带什么书包来？穿什么样的衣服？像电视上的孩子那样洋气吗？山叶儿要是还在柳岭小学就好了，可以一块儿和城里来的姐姐玩儿。可山叶儿去了山下的学校，她想着怎样才能让山叶儿知道这个消息，她又反过来想，山叶儿正上课呢，就不打扰山叶儿了，让她知道了心乱。果儿想起了在草滩上的那只羊——"白云"，等大城市的同学来了，要带他们看山羊，和他们一起和山羊照张相。这样想着，果儿在课间出了校门，站在学校的大门口寻找着那只叫"白云"的山羊。她朝"白云"挥挥手，山羊会意地抬起头，摇摇头，叫了一声。

省城的学生终于要来了，老师说他们坐两辆车来，一共七个孩子，由一个老师带队。明天，也就是星期二的中午准时到，要在柳岭待一个星期。

同学们回家把消息告诉了家里人，所以，星期二中午前学校的路口聚集了很多人，负责七个同学住宿的家长早早地就到齐了。他们还有任务，就是要有同学到他们家里去，和他们住在一起，在他们家里吃饭，全天都生活在他们家里。他们把街坊邻居也喊来了。严老师的手机响了，电话里说他们已经拐过了几个山口，估计快到了。严老师召集同学们，准备去路口接城里的学生。于是，四个年级的七个同学都唰地站起来，郑重地走出教室，四年级的那个大哥哥拉着果儿，他们一起向校外走，向路口走。这天的阳光格外明亮，山上的庄稼都收割了，新一茬麦子也种完了，没有收割的是种在小片地里的杂粮，包括红薯、豌豆等。

校园里也被人打扫得干干净净，前几天进行过一场大扫除。墙脚的几棵野草、墙头上的几棵野蒿都被拔除了。窗户擦得又干净又明亮、桐树下的落叶每天都被同学们捡起来扔到了靠墙脚的垃圾池里。包括旗杆也认认真真地擦了一遍，严老师提前把学校的大门又刷了一遍漆，那桶漆是专门托人从镇上捎回来的。

同学们等在路口，按顺序站成了一排，大家尽量把身子站得直直的。看见了车从山的一个拐弯处钻出来，家长和邻居们也都有秩序地在路边站好，看着越来越近的车。严老师站在孩子们的对面，那只羊也从草地上嗒嗒地跑过来，随严老师站着。

车门打开了，山里响着车门打开的回音。

先下来的是司机和老师，接着走出车门的是那些孩子，他们在车门旁把身上的书包和包裹背好，好奇地看着大山里的阳光。大山空气中透着清凉，山路旁开着野花，山坡上的树叶和草叶在逐渐地变黄。城里的同学在老师的号令中站成了一排，果儿永远记下了那天见面的时刻，几个同学排成整齐的队形，严老师走上前和城里老师握手。城里的七个学生和他们面对面站在路口，大家都在一瞬间举起了右手，相互行了少先队队礼。

果儿在他们下车时就看到了，七人中有两个女学生，带队的也是位女老师。果儿在暗喜，嘴角流露出一丝笑意。

往学校回时，柳岭的学生走在前边，城里的学生走在后边，路上的小凹坑提前几天填平了。他们先看了教室，然后在校园里听严老师讲学校的现状：目前只剩下了七个学生，上复式班。严老师的目光朝向旗杆，慢慢地转向高处的国旗，说不管还剩多少学生，都一直坚持升国旗、唱国歌。严老师说："也许将来我们只会剩一个、两个学生，只要有学生，学校就在，就会正常上课，还会升国旗，唱国歌。"

教室里有四排课桌，但只有七张课桌上有课本和书包。另外的七张课桌已经为城里的七个同学准备好了。

现在，十四个同学都坐在了教室里，两个老师站在了讲台上，他们进行了简单的自我介绍。女老师说："我姓高，来自省城的一所学校，大家都可以喊我高老师。"接下来是十四个同学自我介绍，从宾到主，城里来的先介绍，果儿听清了，那两个女同学，一个叫胡曼清，一个叫林海宁，都上三年级，比果儿大一岁。

轮到果儿介绍了，果儿突然怯起来。严老师看着果儿，高老师和同学们都看着果儿，果儿的脸憋得通红，高老师朝果儿微笑着，她脖子上系了一条薄薄的红纱巾，果儿想起山叶儿临离开学校时，送她的那条红纱巾，还放在妈妈的柜子里。她在努力地站直，却没有及时开口。高老师带头鼓起了掌，十四个同学加上两个老师的掌声响彻教室。掌声停下了，果儿慢慢地稳定下来，教室里一下子这么多同学她好像不适应。她鼓起了勇气，右手举起来，举到了耳根，左手还摁在桌子上，开始说话，小辫子轻轻抖动。果儿说："我叫陆果儿，上二年级，今年七岁，家在牛湾村。"果儿坐下来了，介绍接着进行……

城里来的学生也是二、三、四年级都有，带着课本和文具盒，他们没有上过复式班，高老师带他们过来就是让他们体验的，体验山里的孩子怎样学习、怎样生活。这几天，严老师和高老师要轮流讲课，还要举行课间活动。第一课是严老师讲，严老师向他们讲黑板上的四个格子，分别在格子里写下了要学习的内容……

严老师这天从二年级开始讲，从城里来的，还有柳岭的几个同学，都在瞅着黑板，但严老师的目光主要对着果儿和城里来的那个男孩，讲完了严老师先提问果儿，又提问城里来的那个男孩……

下午的课由高老师讲，也是从二年级开始，果儿认真地听着高老师讲的课，高老师的声音真好听，像山里的百灵鸟。果儿托着下颌，直到高老师停下来，严老师低声地问："陆果儿，能听得懂吗？"

果儿点点头。

连续三天都是严老师和高老师轮流讲课，城里的学生也慢慢适应了，可以听自己的课了，还能在别的课堂上自习，写作业了。

不同的是，他们每天都有课间餐，上午和下午的中间都会有一次加餐，这在柳岭小学从来没有过。课间餐是他们从城里带来的纯牛奶、面包和蛋糕。柳岭小学的七个学生那几天享受了和城里孩子同样的待遇。

星期四的下午，高老师和严老师把学生都集合到了院子里，高老师又换了服装，在太阳下更加艳丽。高老师带着学生跳舞，从城里来的七个学生跳起来，尤其两个女孩跳得格外自在。一曲跳完，高老师教柳岭的学生，他们慢慢地模仿着，高老师又让城里学生带他们。

海宁走到了果儿身边，果儿把手蜷回去，她的小身子有些偏沉，严老师示意了海宁，不要强迫果儿。果儿在旗杆下站着，看着同学们学跳舞，有一种失落感、一种孤独感。

果儿家离学校最远，路最不好走，高老师带着她的学生走了一次果儿回家的路，去了一次果儿家。然后，海宁住到了果儿家。

那几天，每天放学后，海宁和果儿一起跟着果儿妈妈回家，只是一多半路程果儿在妈妈的背上，海宁要自己走山路。海宁走得很慢，对山路还是不适应，果儿的妈妈就把果儿提前背到一个地方，回过头来再把海宁背下去。海宁觉得愧疚，可她走着走着就走不动了，她咬牙坚持，尽力地自己走，说："阿姨，你等我就行了。"果儿妈妈不依海宁，说："你还小，阿姨背你一截也是应该的，崴了脚就更走不好了。"海宁感激地说："阿姨真好。"

每天上学要比往常起得更早了，因为以前只有果儿一个人，而现在有两个孩子，上山的路更不好走。果儿的妈妈肩上背着果儿，腾出一只手来拽住海宁，和回家一样，也会先把果儿背一段距离，回过头再来背海宁。

每次到了那一片出山的草滩上，海宁都会觉得放松了，海宁在草滩上看见了小学的五星红旗，果儿也开始下地走，两个人手拉着手，从草滩开始走过那座桥，看见了通向学校的路口。

那天走到路口，先看见了严老师，看见了比她们先到的四个同学，其中两个同学是从城里来的，分别住在老师和同学家里。高老师和胡曼清住在严老师弟弟家的房子里，弟弟一家没在家，严老师有弟弟家的钥匙。高老师和严老师站在路口两边，在等着学生，胡曼清在离路口稍远的地方盯着一片野花看。野花旁边还长着一根青藤，青藤上结着像葡萄大小的青果，当地人把那果儿叫小青瓜，稞儿叫青瓜稞。海宁看见了山羊，问果儿："陆果儿，这就是叫白云的山羊吗？"

果儿点点头。

山羊看见了她们，叫了一声，看见是两个人时又叫了一声，叫过了看着严老师，给严老师报着数。严老师看见了果儿和海宁，果儿的妈妈朝严老师挥挥手，严老师也挥了一下手，然后果儿的妈妈就回去了。严老师朝高老师比画着，说这山羊一直陪着他，每天和他一起来这路口，它的叫声是告诉我又有学生来了。高老师看着山羊，目光里放射出一种亲昵，像看着一个山里的孩子。

学生到齐了，严老师和高老师一个在前一个在后，带着学生进了校园。那只山羊朝校园里看看，慢悠悠地朝草地上走。峡谷的水在秋天的阳光、秋天的白云下流淌着，那水干净、清澈，像一面镜子，水中的石头和水草都能看得清清楚楚，站在水边的人就像站在一方明镜前。山羊每天吃累了、吃饱了，会沿着一条小径，站在峡谷边看着水中的自己，它叫，水中的山羊也叫。

这天正上课，县里的电视台记者来了，他们是跟着镇里主抓教育的副镇长来的，同来的还有镇教办的主任和副主任。他们的到来打破了校园的平静，学生们面对摄像机有点不知所措。

高老师似乎突然来了情绪："严老师，他们怎么来了？"

严老师莫名其妙地看着高老师："我不知道啊！"

"你真不知道吗？"

"我真不知道啊！"

"我们说好，不张扬，让孩子们安安静静地来体验的，这样对孩子不好。"

"我知道，可我真没有让他们来，我没有见过任何人，我怎么可能……"

"好了，好了，严老师，那你去说服他们走吧。"

严老师挡住了镜头，说："我们正在上课，你们知道吗？你们这样做影响了学生上课。"

副镇长说话了："我们马上出去。"他先带着人出去了。

下课后，副镇长来找严老师和高老师解释，说：

"我们是无意的,向你们道歉。我们不是单纯来采访学校的,记者是来采访山区的山村合作医疗和一个赤脚医生的,听说从省城来了学生,就想过来看看。我们太唐突了,再次抱歉。"

高老师和副镇长都释然了,握了手。

记者说:"高老师,其实如果你和学生接受我们的采访未必没有价值,可以让你带来的学生谈一谈山区的感受,让柳岭小学的孩子也谈一谈,就简单的几句话,大课间的活动我们再拍一下……"

高老师沉默着。

记者说:"高老师,你们真正了解严老师,了解学校吗?严老师他……"

高老师说:"有些情况我知道,才会带学生过来的。"

记者和高老师通过交流,达成了一次采访,在校园和教室里分别采访了几个学生,也采访了果儿。果儿躲着镜头,最后严老师让她坐下来,果儿说了几句话:"我不知道省城是啥样儿,我将来也要去省城里看看,也看看他们的学校。"高老师鼓掌,抱住了果儿,说:"果儿,我们在省城等你。"

二

高老师带着她的学生,把柳岭小学七个学生的家庭都走了一遍,在山里的日子安排得匆忙而又充实。还和海宁又一次去了果儿家,和果儿的妈妈王山妮上山采了一次药,走在山间的小路上,在石头的夹缝里寻找药材。王山妮告诉她们识别的方式,可她们还是分不清,一次次采错。海宁简直有点懊恼,对高老师说:"原来采药的知识这么多,一不小心就采错了。"王山妮说:"采错的药材没有用,再多也没有人要。"她们跟着王山妮在山上走,走了一晌都感觉太累了。下山其实比上山更要注意,王山妮抓着海宁,在过一个水涧时,她们不知道该怎样绕过去,王山妮把她们往一个又浅又窄的地方带,可海宁还是迈不过去,王山妮把背篓挎到了高老师的背上，自己背着海宁过了水沟。高老师因为背上有了背篓不敢近前，怕把背篓里的药材撒了。王山妮回过去，把背篓背回到自己的身上，带着高老师跨过了水沟。

海宁住在果儿家，果儿家离学校最远，路也最难走，别的村庄勉强可以通车，三轮车可以骑到村口，可果儿家住的牛湾村不能，走到那片开阔的草滩地只能用两只脚走。最初两天海宁一直叫苦，脚上起了泡，晚上果儿的妈妈给她泡脚，帮她处理脚上的泡。海宁把小脚板泡在水盆里，听着夜晚的山风呜呜地刮过树梢，像动物叫，她问果儿妈妈是不是狼叫。果儿妈妈说："现在哪里还有狼，狼在这里早绝种了，最多有几只黄鼠狼。"海宁没有见过黄鼠狼，便问果儿妈妈："阿姨，黄鼠狼是啥动物？长啥样？"果儿妈妈说："是一种小动物，身体小，比老鼠大，比兔子小，像老鼠的模样，所以叫黄鼠狼。"果儿的姥姥又对海宁说："现在黄鼠狼也不常见，很少了。"

海宁躺在床上脚还在疼，不断掀开被子看看，脚踝那儿有点肿，小手指摁下去脚踝处的肉马上弹起来。她怀疑高老师把她派错了地方，这么远，这么难走的路，这个地方应该派个男生来。可一想不对，自己是要来和女生做伴的，来个男生不合适。可胡曼清呢？胡曼清在学校上体育课时脚上刚受过伤，伤还没全好，高老师才和她一起住在严老师弟弟家的。这样想着，海宁释然了。她和果儿睡一张床，果儿睡外边，她睡里边，这是果儿妈妈安排的，怕她在生地方，睡瘾症了掉下来。

山区的早晨来得早，宣告新一天到来的是鸟儿，鸟儿早早地就在房前屋后叽叽喳喳地叫，有叫得响的、有叫得轻的，有身体大的、有身体小的，有黑色的、有灰色的，有彩色的、有褐色的……果儿妈妈告诉海宁，黑色的大一些的鸟儿是黑喜鹊，是报好消息的鸟儿。果儿妈妈说："喜鹊叫，客来到，你看喜鹊一叫，你来了我们家，你是我们的客人啊。"几句话说得海宁脸上绽出了笑容。

果儿的妈妈还告诉她，那些成群飞翔的，叫得又脆又动听的是麻雀，山里最多的鸟儿就是它们，每棵树上都会有几只小麻雀，飞起来成群结队的，像千军万马。那些和喜鹊身体差不多大的灰色的鸟儿叫灰老鸹，它们的翅膀很厉害，飞过去可以挂断一棵树枝、拍落几片树叶；那些小灰鸟，头上长着个小东西，嘴巴长长的是啄木鸟，它们是专吃树上害虫，保护树木的……

"嗯。"海宁点点头，"啄木鸟课本上有，是树林的益鸟。"

"鸟都是益鸟，没有害鸟。"

"嗯，鸟都是益鸟。"

"没有鸟，树还有什么意思？"

海宁愣住了："阿姨，你说的话真有意思，像一个老师。"

"我像什么老师？连初中都没上完。"

"那个时候没有学校吗？"

"有，柳岭的学校早就有了，反正没上完初中。没上完初中的很多，上过高中的更少。"

海宁想不通，像果儿妈妈这样年纪的人为什么都不好好上学。海宁问："为什么？"

果儿妈妈叹口气说："时候和时候不一样，山里穷，那时候更多想的是过日子。"

海宁似懂非懂地听着。

走了几天，海宁慢慢地适应了，而且果儿的妈妈那样照顾她，她在心里对自己说，果儿的妈妈真好。海宁每天早早地随果儿起床，随果儿吃饭，随果儿上学，中午的饭也是果儿的妈妈一同送的。高老师本来想让海宁和他们回去吃中午饭，但还是忍住了，这次来就是让每个同学有不同感受和不同体验的。早上，果儿妈妈更早地起来，为她们熬小米粥，把馒头馏好，菜是炒南瓜丝和咸菜，小米粥散发着香气。晚饭大都是玉米粥，炒萝卜丝，炒野菜。玉米粥里也会放几块红薯，放了红薯的玉米粥黏黏甜甜的，煮透的红薯酽酽的，有时也会是蒸红薯。海宁在果儿家里吃过果儿妈妈擀的手工面，手工面比城里的机器面好吃,有面的味道。果儿的妈妈还给海宁她们包过饺子,饺子馅儿是素的,山韭菜掺鸡蛋……

果儿和海宁之间的话越来越多。

果儿问:"海宁,你想家了吗?"

海宁没有说话,因为她的确有些想家了,还有她的亲人,爸爸和妈妈,爷爷和奶奶。他们住的那个小区很大,绿化做得很好,妈妈在一家报社做编辑,爸爸在出版社,家里有车,妈妈爸爸轮流送她上学。家里有钢琴,周末有老师上门教,她对音乐的领悟能力经常受到辅导老师的表扬。妈妈会弹钢琴,可妈妈和爸爸说,应该找个更好更专业的老师。现在,她躺在山区的一间房子里,房子是石头垒砌的,没有天花板,房顶上吊着一盏老灯泡,没有写字桌,和果儿写作业就在吃饭的小方桌上,吃过了饭,果儿妈妈把它抹净了,这就是她们写作业的地方。果儿每天的作业都是在这小桌上写的,没有台灯,没有舒服的椅子。海宁这样对比着,条件的确太不一样了。睡觉的地方也是有区别的，海宁自己睡一个小卧室，卧室里有专用的桌椅，床头有一个落地灯，写字桌上有一台 LED 的台灯，有感应功能的，海宁瞌睡了，灯会自动关上。还有，在家里海宁是天天洗澡的，冬天有暖气，屋子里不会冷，而是春天一样温暖，只需穿一件睡衣。来柳岭和牛湾不可能天天洗澡，最多也就是果儿的妈妈温开了一锅水，倒进盆子里，再在旁边生起一盆火，在火盆边给她和果儿抹一抹身体。还有，她在家每天早晨都要喝牛奶，可在牛湾果儿家不可能，几个村子里连一个小卖部都没有，想买东西要从镇上捎回来。省城的大超市里的货品简直太丰富了，要什么有什么……海宁知道不能这样比，不能这样想，老师让她报名时，海宁回家和父母说了，学校也征求了家长的意见。

海宁看看被窝里的果儿，说："不想。"

"真不想啊？"

海宁觉得应该说真话，说："要说不想是假的，但既然来了，就会坚持下去，过几天就要回家了。"

"嗯。"果儿在被窝里握住了她的手,"海宁,你能对我说说你们的城市吗?"

海宁一边想着该怎样说,一边把手从果儿的手里抽出来,放在了被子外边。海宁睁着眼,看到了外边的星星,外边的月亮,看到了窗外树梢在动,看到了山村的夜空,静静的夜空里只有几声鸟儿的叫声,没有任何的嘈杂声,和她所在的省城像两个世界。这种静,如果不来体验是永远不知道、永远不懂的,原来果儿她们就在这样的环境里生活。她站在夜色下看过果儿的家,和果儿在夜色的山路上走过,一条宁静的小路和大山连着,朝向更远的大山,朝向山外的世界,这样的世界好静。她在山村的夜色里呼吸着山里的空气,有一种青草的气息,土地的气息,没有汽车的尾气,没有汽车的噪音,没有霓虹灯的彩色。这种静让小小的海宁说不出来是什么感觉,也许山里的宁静会长久地留在她的心里,让她回味,让她想象,让她纠结,也会让她有一种留恋……她想起那天的晚上,陆果儿看着月亮时的神态,对她描述月亮时的语调，让她不由得和果儿一起抬起头看着天空，看着夜空上的月亮，月亮在果儿的世界里那样美好，好像果儿是一个月神，是月神的天使……现在海宁听着窗外的夜声，挨着果儿的身子，对果儿说："那就是个城市，有很多很多的车，很多很多的人，很多很多的大楼，很多很大的商场，步行街、电影院、戏院、公园，还有……果儿你听着吗？"

"听着，电影院是看电影的吗？"

"是，一个放电影的大房子，里边有好多座位……"

"很多人在一起看？"

"就是很多人在一起看，电影开始，电影院就安静下来。还有3D电影，要戴一种特制眼镜……"

"为什么要戴特制眼镜？"

海宁说："那叫立体电影，电影上的人和动物就像在眼前。"

果儿听着，海宁叙述时身体微微起伏，小手在眼前比画。

"要钱吗?"

"当然,电影院是通过卖票来挣钱的,他们挣了钱要给人发工资,要……"

"你经常去看吗?"

"也不经常,隔一段去看一次,适合少年儿童的电影不太多。"

"啥是适合少年儿童的?"

海宁迟疑了一下:"就是我们能看懂的,有意思的。"

"啥是能看懂,有意思啊?"

"比如孙悟空,比如米老鼠,比如科幻,比如……就是我们爱看的,看明白意思的。"

"嗯。"果儿似乎懂了,"那公园呢?"

"公园,公园就是花啊,树啊,水啊,划船啊,游乐园啊。"

"公园里有山?"

"山是假的,没有这儿的山好,这是真山。"

"山也能是假的?山怎么能是假的?这么大的山?"

"都是很小的山,用石头、土堆起来的。"海宁说,"就是做出个山的样子,是山的模型。"

山是假的让果儿怎么也想不通,果儿挤着眼在想着假山到底是什么样子。她问海宁:"那假山上有树吗?有药材吗?有水吗?"

海宁想想,说:"树倒是有,可没有药材,水也有,是引上去的。"她觉得一下子说不清,假山怎么会有真山上的东西呢,她也纠结,说,"假山就是假的,好多东西都不会有,所以还是要来看看真山。"

"那真山好还是假山好?"

"真山和假山比,当然还是真山好。"这一次海宁说得很肯定。

"有动物吗?"

"动物?动物有专门的动物园,里面有老虎,有豹子,有狼,有狐狸,有狮子,有穿山甲;有海鸥,有海燕,有企鹅,有海龟,有蛇……"

"啊,这么多?"

"不少,你啥时候去省城我带你去看看。"

"你坐过飞机吗?"

"坐过一次。"

"你真胆大,飞机都坐了。"

海宁想起那是去年的春节,爸爸和妈妈带她去三亚。飞机用了两个多小时把他们拉到了海南,大冬天的海南气温像夏天一样。

不记得是第三天还是第四天的夜晚,海宁从书包里掏出一把口琴,她拉着果儿去院子里:"口琴,你见过吧?"果儿说:"我知道,见过,我见过别人吹口琴。"海宁和果儿在院子里坐下,海宁吹起了口琴,吹的是《让我们荡起双桨》《小星星》……月亮在天上行走,明明亮亮,夜色在口琴声里更加朦胧,口琴声在山村的夜色里弥漫,树上的小鸟屏住了呼吸,听一个大城市里的女孩儿在夜色里吹着口琴。

"你吹过吗,果儿?"

"没有。"

海宁不说话了,又吹起一曲,这次吹的是《世上只有妈妈好》。她想过了,离开时把口琴留给果儿,让她也找个老师学会吹口琴,她如果到省城去,让她去看看自己的钢琴,在钢琴前坐坐,让教她的老师也教教果儿,让果儿也在她的小床上睡几天,陪她看看游乐园、图书馆、水上世界……在口琴声里,海宁的思绪在飞。

三

十四个孩子进行了一场联欢。

在柳岭小学的校园里,唱歌、舞蹈、朗诵等正在上演……高老师独自跳了两段舞,唱了两首歌。严老师唱了两首歌,虽然其中的一首太老气,但歌声是不过时的。从省城来的两个五年级的同学跳了两段街舞,让山里的学生看呆了。胡曼清唱了一段戏,嗓子清亮,姿势优美。海宁先吹了一段口琴,口琴吹过,又唱了一首儿歌,是一首由古诗词谱写的歌曲。果儿在看的时候一直很专注,很陶醉,想流泪,她最后唱了一首《童年》,大家都跟着唱起来:"池塘边的榕树上,知了在声声叫着夏天……"

那天晚上果儿和海宁沉浸在兴奋里,她们在床上聊天。果儿夸海宁歌唱得好,口琴吹得好。果儿说起了她爸爸,说爸爸出去挣钱了,挣了钱为她做手术,妈妈上山采药材也是要攒钱为她看病,据说要花很多钱。果儿说着有些忧伤起来,海宁抓住了她的手,说:"果儿,不用担心,会有好心人帮助你的。果儿,看你多聪明,长得多好看,你的眼睛让我羡慕。"果儿停下来,任海宁攥着她的手,两双小手在一起攥着,两个人的小手都是那样柔软,那样温暖。

海宁也上了一次牛腰坡,是果儿央求妈妈的。果儿说:"妈,我和海宁想上一次牛腰坡,让我们跟着你去一次牛腰坡吧。"

那是星期天,不上课,吃过早饭,等太阳升得稍高一些的时候,太阳在山里照出了暖气,果儿妈妈带着果儿和海宁出发了。她们从房前绕到房后，踏上了山道，在金色的光线里大山的棱角格外分明，像一个刚强的男子汉，山边的草还是青的，山腰和山岸上的山菊花开得正艳，使山有了一种柔和，万道霞光中小鸟在山崖上飞翔，天是那样瓦蓝，空气是那样甜润。果儿和海宁走了一段路，被果儿妈妈一个一个背上牛腰坡。在牛腰坡，她们手拉手朝远处望，果儿问："海宁，省城在什么方向？"海宁看着山头的太阳，掏出了装在身上的指南针，辨认着，省城应该在牛湾牛腰坡的东南方向，海宁看着指南针，指给果儿看。远处，其实是更广阔的天际。

海宁站在高高的牛腰坡上，远处，是一个又一个画面，视线里柳岭小学的五星红旗在高高飘扬。海宁对果儿说："多好的山，我还会来的。"

四

要告别了，转眼一周的时间过去了。

孩子们没有流露出要离开的兴奋，反而有些舍不得，山里的生活好像才刚开了头儿。他们虽然有诸多的不习惯，但是已慢慢地开始适应了。比如走山路，他们最初的两天是学着走的，山里人告诉他们往上走时要怎样用力，往下走要怎样把控。告诉他们那些山花的名字，花的形状、花的颜色、花的味道有怎样的区别；那些零散生长的植物是什么，红薯为什么在霜降之后才开始刨，因为会有更多的糖分，更好保存；梅豆和丝瓜为什么在霜降前后结得更多，花更加稠密……山里有多少鸟儿，鸟儿不同的叫声，它们的习性，霜降前后鸟的迁徙……

似乎对这儿还没有看够，包括柳岭小学，学校外的草滩，草滩下的峡谷，彩色的树叶……被同学们唤为"白云"的羊，他们已经熟悉了，每天上学的路口，山羊不仅在山里的学生来到时叫一声，在他们走到路口时也会"咩"地叫一声，叫声悠扬、亲切，像一个朋友、一个亲人打招呼。在离开的前一天，他们去草滩上看了山羊，看见他们，羊叫一声迎着跑来，他们围着山羊，还和山羊照了相。

据说严老师再有两年就要退休了，他脸上的皱纹显得那样可亲。这几天他们喜欢上了严老师讲的课，严老师的讲课有另一种魅力，他讲语文，讲数学，甚至教英语，马上就能从另一课里跳出来，原来复式班教学也有复式班的趣味，复式班的乐趣。

车联系好了，还是送他们来的车，星期二的午后出发，晚上就可以回到省城了。柳岭的同学问："那么快啊？他们说，走高速，高速公路上快多了。"

果儿和海宁在离开前的那个晚上几乎说了半夜的话，若不是果儿妈妈催促，她们可能还有许多话要说。果儿说："海宁，你马上就要回家了。"

海宁的小胳膊搭在被子外头，眼睛又看到了窗外的星星，窗外的天空格外蓝，夜晚似乎也是蓝的，反正是特别干净，月亮和星星那样的明亮。海宁想起果儿对她说过牛腰坡的月光，可惜这一次看不成了。这样想着她没有正面回答果儿的话,而是说了句:"果儿,下一次来,我一定和你去牛腰坡看月亮。"

"嗯。"果儿伸出一只手,和她拉钩,"我一定带你去。"可果儿问,"海宁,你真的还会来吗?"

"会!"海宁回答得很干脆。

"海宁,你说我们这里哪儿好?"

海宁扑闪着小眼睛,两只小手动起来,说:"山好,山羊好,花好,山果儿好,大山好,峡谷好,更主要的是果儿好……"

两个女孩在被窝里咯咯笑起来。

果儿妈妈喊她们:"还不睡,你们咯咯地笑啥呢?"

"妈,明天海宁都要走了,我们多说几句话。"

"嗯,你们说吧。"果儿妈妈过来,看一眼两个孩子,压了压两个孩子的被子,出去了,临出去又回头看了一眼海宁。

第二天清早,海宁和果儿都比往常起得早。

海宁先去了院子里,想最后再把这个院子好好看看。她去了院墙根儿，看着开得正旺的梅豆花，白的、粉的、紫的、金粉的；看着梅豆秧子结着一嘟噜一嘟噜的梅豆，扁扁长长的，那梅豆炒出来酽酽香香的，海宁这几天已经吃惯了。海宁看着和梅豆爬在同一堵墙上的丝瓜，丝瓜长长的，在晨风中摇动，还有挂在墙上的几个大冬瓜，果儿妈妈做的粉条炖冬瓜，海宁想起来都觉得有胃口。海宁去了院子外，看到路边的草和花上挂着的晶莹的露水，那露水明亮得能照见海宁的眼睛。海宁朝着几滴露水里看着自己的脸，她把指尖放在鼻子上，嗯，露水们，海宁要和你们再见了。她感觉心里有点难过，站起来，朝山岩上看，山岩上的白菊花在晨露和晨光里更加灿烂，一群鸟儿从山岩边飞过，白菊花上的露水被震落了，海宁似乎听见了露水的落地声。

果儿在门口看着海宁。

让她多看看吧，果儿心里说。

后来，海宁慢慢地朝家里走，她看到了果儿，果儿在门口对她微笑着，朴实的样子像山菊花。果儿是一个爱笑的女孩，她的目光和神态里藏着很多的笑，海宁和她在一起，看到过最多的是果儿的笑，即使果儿感动时或讲起什么事掉泪的时候，也带着笑。这是一个藏着很多笑意的山里女孩儿。

海宁抓住了果儿的手。

果儿不说话，和海宁手拉手往家里走，她们看见妈妈腰上系着围裙在门口瞅着她们，姥姥坐在门槛内。她们手拉着手进了屋门，看见小桌上盛好的饭菜，是冒着热气的梅豆和炒土豆丝。海宁拉着果儿，说："果儿，来。"海宁把果儿拉到了里屋她们睡的小床边，海宁的书包和包裹准备好了，立在床头。海宁从包裹里掏出一个小包包，拿出里面的一个纸盒子，海宁打开了纸盒子，纸盒子里是一把小红伞。海宁把小伞放到了果儿的手里："果儿，送你了，留个纪念。"果儿的两只手抓着小红伞，看着海宁，轻轻地说了句："海宁，谢谢你。"海宁在果儿的小手上抓了一下，拍了一下："我要谢谢你和阿姨，谢谢姥姥，等你去省城，我带你去看动物园,去游乐园,去……"

海宁说不下去了。海宁又朝书包里摸去,这次海宁拿出来的是那把口琴,口琴被装在一个精致的盒子里,盒子是透明的,盒子外用一个红纱布轻轻地系了一下。海宁把口琴举起来,又放在了果儿的手里。果儿有些吃惊地看着海宁:"海宁……"海宁说:"果儿,这把口琴留给你了,我无法教你吹,但你可以找老师,找会吹口琴的大哥哥大姐姐学,你聪明,说不定你自己就可以慢慢地学会,不难。"

果儿双手捧着口琴。

果儿和海宁抱住了,这一次果儿的泪哗哗流了出来。她抱着海宁,也任海宁抱着,两个女孩像认识了好多年,像是要经历一场别离,久久地拥抱着。

那一天早晨,要离开了,海宁最后钻进了姥姥的怀里,像一只猫,乖乖地说:"姥姥,保重,海宁还会回来看你。"

姥姥抱着海宁哭了。

在学校，十四个学生，两个老师，还有赶过来的家长举行了一场告别的仪式。他们集合在校园里，庄重地站在国旗下，先举行隆重的升旗仪式，然后在校园里唱歌、合影。中午他们都留在了学校里，在教室里共同吃了午餐，午餐很简单却很丰富，是柳岭小学的七个家长送来的。有两家送来的是山韭菜馅饺子，这两家包括果儿家。昨天下午果儿妈妈就上山了，在一条深处的山岩上采下了今天要用的山韭菜。

午后，从省城来的两辆车停在了路口。他们在路口告别，十四双小手频频地举着，脸上闪着泪花，那只山羊也来了，迷惘地叫着，看着分别也是热闹的场面。海宁再一次和果儿拥抱："果儿，保重，我在省城等你。"胡曼清说："还有我。"七个同学齐齐地说："我们在省城等你。"

山民们把从家里掂来的山货塞到了车上。

果儿把妈妈在镇上买的那件绣着羊的外套送给了海宁："海宁，你留着当个纪念吧。"

第六章　冬天的雪

一

　　一进入冬天，树林和草地首先显示出它的萧条，树枝上勉强挂住的几片树叶在凉风中摇曳，干风刮得单调而又烦躁，落在地上的树叶一窝窝堆在风刮不走的地方。草地没有了青色，几场霜降后，草变得又干又黄，学校门口的那片草滩也是一样，冬天的威力让一切植物都处于休眠的状态，变得萎缩。那只山羊还在学校门口的草滩上寻找可口的食物，被风吹干的草还透着草香。峡谷里的水几近干涸，谷深的地方成为积水的小潭，冻出了冰,冬天的峡谷气温要比山上再低几度。山羊走到了峡谷的最边沿,看着峡谷,水浅的地方在正午的阳光中会有薄冰化掉。山羊的蹄子触到了冰层,把蹄子蜷起来,蹄子的一角还挂着水,渴了,它就在水浅的地方喝上几口。它顺着峡谷走,整条峡谷格外寂静。山羊有一种孤独,它从峡谷的这一边走到峡谷的那一边,看到几乎同样的场景。在阳光好的冬日,它会找到一块朝阳的石头或一个土窝,静静地待着,它感觉这样的日子挺好。放学的铃声响起,它会赶在学生的前头站到路口。这是一个大山里一只山羊的生活。

二

临放寒假的前几天,下了场雪。雪把冬天往更深里推了一把。那雪先是晃晃悠悠地下,一片片不成规模,落在草地上把干草覆盖了,在小雪飘落的时间里,太阳还会找机会钻出来。大家以为这样的雪天马上就会过去，成不了气候，一场不像雪的雪不过就是和山里人打个招呼，象征性的。

可是，大家的猜测都错了，到了第三天，雪突然大起来，这可能和前一天晚上的再次降温有关。雪花渐渐地就变成了雪朵，不是在草地上融化，是把草覆盖了，把大地覆盖了，把大山覆盖了。已经接近腊月二十，学校只好提前放了寒假——山路不好走，不能让家长和孩子们冒险来上学。尤其是果儿，那上山的路要和母亲一阶一阶地走上去，这样的天最好是躲在家里，恐怕整个春节就要躲在牛湾了。过年的年货还没有备齐，要待雪停了再想办法，如果再下，恐怕只有飞机才可以给他们空降年货下来。

果儿钻进被窝里，从窗口看见的是窗外的白雪，树梢也已经挂上雪了。果儿掏出海宁送给她的口琴，她现在可以吹出简单的音符了，她唱过的那些歌，比如她喜欢的《童年》，可以断断续续吹出个小调。果儿的妈妈在往炉子里加柴火，她们冬天取暖是用一个烧干柴的炉子，干柴在炉子里生成炭，炭火增加屋子里的热气。姥姥坐在另一间屋子里的床上，听果儿妈妈往炉子里加柴，听果儿吹口琴。自从那个叫海宁的女孩给果儿留下口琴，果儿就在断断续续地吹，姥姥听出来果儿慢慢吹出调子来了。

"老天爷，这时候下一场大雪是不叫人出门了。"姥姥在床上絮叨。果儿妈妈停下加柴，想听清姥姥在说什么，可老人不说了，沉默下来。果儿妈妈加过柴，把门打开条缝，马上有雪打过来，夹着凉丝丝的风，她赶紧把门又关紧了。

果儿是手里握着口琴睡着的。

这天晚上，果儿做了一个梦，在梦里她看见了爸爸，爸爸先是坐在一列火车上，爸爸刚坐上去列车就呼地开了，爸爸差一点掉下来。她喊着爸爸，爸爸又站好了，他身上背着一个大包裹，在车厢里找着座位，身子在车厢里摇动。火车跑得飞快，像大树上的小鸟一样，火车载着爸爸跨过了一座又一座桥，飞过了一条又一条河流，飞到了草原上、沙漠上，那些地方都是她在课文上见过的地方。后来火车终于停下了，爸爸从一个车门下了车，可是他的包裹忘在了车上，又反身去车上拿，车又启动了……果儿那一夜一个梦接一个梦，又梦见了爸爸扒着一根长绳子去上半空中的飞机，飞机的门很难进，爸爸在空中吊着，又来了一架飞机，才有人伸出手把爸爸拉了进去。

果儿醒了，听见窗外的雪还在下，风还在刮，除了风雪声，听不到其他任何的声音，这个世界暂时都交给这场下不完的雪了。果儿感受到了屋里的暖气，每年冬天，妈妈生着的火炉总是把房间弄得暖暖的。她回味着刚才的梦，爸爸现在在哪里呢？还在很远很远的外国吗？妈妈前一段时间收到过爸爸的消息，说如果能回来今年春节会回到家。这样的天，爸爸怎么回来呢？

果儿想着想着睡着了，睡着的果儿还是做梦，这一夜果儿的梦特别多，果儿这一次还是梦见了爸爸，爸爸浑身都是白的，果儿听见了一声鸟叫，是一只冬天的喜鹊,在喜鹊的叫声中果儿醒了。果儿睁开眼,看见窗外透进来的雪光,是雪天的白,好像真的有鸟儿的叫声,隐约还听见了踩在雪地上的声音。果儿忽然喊起来:"妈妈,妈妈,快开门,有脚步响,爸爸回来了……"

果儿妈妈哗啦打开了门,一团雪滚进了屋里,雪还在下,院子里裹着厚厚的凉气。果儿站在妈妈的身旁,看着滚进屋里的雪,惊叫起来:"是人,是爸爸……"

爸爸是被火炉暖化后才开口说话的。

妈妈叫着:"果儿爸,陆远来,你……你可回来了,可你……你咋乘了这么大的雪天,多少个好天你不回来。"妈妈把爸爸的手暖在自己的怀里,嗔怪着。妈妈的眼泪在掉,果儿的眼泪在掉,姥姥的眼泪在掉……

雪慢慢停了,雪地上映出淡淡的冬阳,挂满雪凌的树上,偶尔有鸟儿的身影。

爸爸说,他是从国道边一直走过来的,国道上车还可行走,可他打的那个车说什么一步也不往前开了,也没办法开了。爸爸看看雪,给了司机钱,冒着雪继续走,他要走到家里,走到牛湾。他想念牛湾,已经几年没回牛湾了,再大的雪他也要回来。到镇上时已经半夜了,冬天的苍山静得出奇,大雪的街上连一只狗都没有。他辨认着路,看到雪中的灯光,看到了苍山镇上唯一的小旅馆,小旅馆的门口挂着红色的灯笼,在白雪中刺眼。他在旅馆前站住,他不想走了,有些犹豫,他的腿连累带冻已经肿了。他把头上的帽子往下拽拽,把棉袄的领子又往上拉拉,他在走向红灯笼时停住了。对家的渴望让他转过了身,走吧!如果继续下,怕是连人走的路也没有了。

果儿的爸爸差不多走了一夜,连滚带爬走到了家,走到门口,连敲门的力气都没有了,幸亏果儿和妈妈把门打开了。

三

一家人又在一起过年了。

果儿看到了妈妈脸上的笑容，看到了妈妈看爸爸的目光里的思念、爸爸和妈妈的泪水，他们沉默之后滔滔不绝。果儿想起妈妈的牛腰坡，想起妈妈和她在院子里，在牛腰坡上看大大圆圆的月亮，妈妈在月光下沉默，想起她放学后妈妈等在路口的身影，妈妈的目光里总会蒙上一层东西，她不知道那种东西叫作孤独或者孤单，叫作思念或者相思。小小的果儿会受到影响，偶尔也问："妈妈，你好像不高兴？"声音细细的，凝视着妈妈的脸、妈妈的目光，等待着妈妈的回答。妈妈拉住了她的手，妈妈不回答，妈妈说："果儿，我们回家。"妈妈背着果儿越过了那座桥，越过了宽阔的草滩，踩着一级一级台阶，走到了山下，走到牛湾村外的平地上，走上了村外的石板路。妈妈把她放下来，拉着她走。果儿看到了她每天要回来的家，看到了她的床，床上的东西。

爸爸缓过来了，爸爸走出门，看到了雪后的阳光。雪后的阳光好亮好亮，亮得刺眼，白色的阳光和白色的雪照得整个世界更加洁白。果儿爸爸扶住了一棵树，树上的雪正在被阳光融化，哗哗啦啦地落下来。爸爸在树上拍了一巴掌，树上哗哗啦啦落下一片雪，爸爸又拍另一棵树，树上又哗哗啦啦落着雪，落着雪凌，落着冰凌，雪凌里夹杂着黄色的残叶。爸爸又拍第三棵树、第四棵树……院子里的树被他拍遍了，原来厚厚的雪地上又落下了一层零散的雪霜，零散的雪粒，在阳光下，慢慢和地上的雪融在一起。果儿看见爸爸踩在雪地上，他伸展了几下腰身，嘴里哈出一片白雾。他仰起头在阳光下闭着眼，大喊了几声，仿佛告诉大山，他回来了。陆远来走出了院子，站在路边朝远处遥望，朝大山遥望。阳光穿过了山尖，穿过了山峰，穿过了每一条峡谷、每一处山岩，把缕缕阳光融化在整个世界，整个大山的深处。

爸爸和妈妈开始扫雪了，他们拿出了铁锹，拿出了大扫帚，把院子里的雪往一起铲，先铲成一堆，再往门口的沟里填。那片夏天里长着葵花的沟是填不满的，尽管现在它已经铺满了雪。果儿也找出个小铁锹,和爸爸妈妈在院子里铲着,姥姥也加入了铲雪的行列,铲着窗台上门楣上的雪。爸爸说:"果儿,你拉姥姥进屋,不用你和姥姥干,我和你妈干就行了。"

果儿来劝姥姥,姥姥拍拍果儿肩上的雪,说:"没事的,姥姥还干得动,你去屋里烤火吧。"果儿不依,说:"姥姥铲雪,我凭啥要去屋里烤火?"姥姥笑笑,看着她手里的小铁锹,说:"那就慢慢干吧。"

一院子的雪其实也没有用多长的时间,到半晌的时候就铲完了。爸爸看着堆在角落的雪,看着果儿,对果儿说:"果儿,我们去堆个雪人吧?"

果儿当然同意了,和爸爸去堆雪人。他们先是用铁锹往一起铲雪,等雪堆到了一定的高度,就要动手了,要用手把雪堆出个具体的形状,人有的五官雪人都要有。爸爸先把雪人脸的形状堆出来,果儿也要动手,被爸爸叫住了。果儿把小手在衣服上搓着,妈妈让果儿把手套戴上,果儿听话地戴上了。爸爸继续在雪上雕塑着，慢慢地雪人的形状出来了，那雕出来的雪人不知怎么越看越像果儿，爸爸在不自觉中按照女儿的形象雕出来了。爸爸站在雪人面前，白色的雪人在朝他笑。果儿也看出来了，说："爸爸，干脆把妈妈和你，和姥姥都雕出来吧，我一个人在这儿多孤单啊。"

爸爸同意了，爸爸继续在雪地上雕，爸爸又把其他地方的雪铲过来，在刚才的雪人两边雕着大一点的雪人，大雪人在爸爸的手里也逐渐雕出来了。

四

连续几天，爸爸和妈妈都在铲雪。

他们把山路铲出了一条通道，把房后上山的路也要铲出一个通道。他们每天都在铲，把村东石板路上的雪铲过了，铲上山的路，铲那九十九级台阶上的雪，铲每个石窝里的雪。两个人专心地铲着雪，铲得很细心，村里的几个男人和女人也跟着他们一起铲。这条路是出村进村一定要走的路,是果儿开学上学一定要走的路,在外打工的几个人都陆陆续续地回来了,不能让他们踩在湿滑的雪地上,那样危险。这样的雪路摔伤过两个人,因此,每次下雪他们都会一起铲净山路上的雪。果儿的爸爸一直铲到了最后,把出了山那片草地上的雪也铲出了一条比较宽的路。他还和果儿的妈妈去了学校,在学校外的那条小路上铲,严老师过来时他们已经铲出了一大截,另外几个家长也从不同的方向赶过来,把小路上的雪、学校院里的雪都铲了。

扫完了雪,离春节也越来越近了。爸爸背着果儿在房前屋后的雪地上走走,果儿往哪儿指,爸爸就带她往哪里去。那一天,他们在一片雪地上,也是一片阳光中站住了,站住了的果儿问爸爸:"爸爸,你这几年一直在国外吗?"爸爸说:"先开始不在,只是在国内很远的地方,后来遇到一个机会我才去了国外。"

果儿很好奇:"爸爸,那外国是什么样子?"

爸爸想了想,说:"国外和我们差不多,都要工作,都要挣钱，有房子，有河，有山，有火车……"

"也有我们这样的大山吗？"

"有啊，只是山和山的形状不太一样。"

"你去过他们的学校吗？"

爸爸说："这倒没有。"

"爸爸，你在国外累不累？"

"嗯，有时候也挺累，要加班。"

"爸爸，受得了吧？"果儿仰头看着爸爸。

爸爸说："也不是每天累，受得了的。"

"嗯，不太累就好。"

果儿爸爸拍拍果儿："果儿知道心疼爸爸了。"

两只鸟儿从山谷里飞过，飞过雪后的阳光，朝后山飞，朝着牛腰坡的方向。果儿看着鸟儿，看着高高的后山上那个叫牛腰坡的地方，果儿想起妈妈和她在牛腰坡上看又大又圆的月亮。果儿问爸爸："你去过牛腰坡吗？"

"牛腰坡？"

"就是后山上的那个牛腰坡。"果儿指着,"那儿,高高山上一块平地,妈妈背着我去牛腰坡看月亮,白天也去……"

果儿说:"爸爸,我发现一个秘密!"

"一个秘密?"

"妈妈为什么去牛腰坡的秘密。"

"果儿说呀。"

果儿说:"妈妈去牛腰坡是在想爸爸。"

爸爸抓紧了果儿的手,把果儿搂在自己怀里。

有两只鸟儿朝着牛腰坡的方向飞去。

五

一到过年,时间就走得快起来。

小村子在春节期间有了人气,在除夕前后,雪终于化了,路可以走了,村子里在外打工的男人、在外打工的夫妇都回到了村子里。除夕和大年初一,小村的鞭炮一直在响。大年初一那天的早晨，果儿一家早早地就起来了，妈妈下饺子，烧香，案桌上是十二位全神的牌位，是果儿姥爷的相片，他们吃饺子时，要先在牌位前上供。爸爸说："果儿，先给姥姥拜年啊。"果儿嘻嘻笑着，给姥姥拜年。

果儿的舅舅一家是在山下过的年，本来要来把姥姥接去，可最后的那场雪让人害怕，姥姥就留在果儿家过年了。果儿妈妈说反正都是过年，在哪儿过都是一样的，姥姥也同意了这个说法。爸爸说："给我和你妈拜年啊，有红包的。"果儿就给爸爸、妈妈拜年，爸爸真的把一个红包给了果儿。

舅舅和舅妈带着小哥哥王小峰在大年初三过来的。他们在镇上下车后，正好遇到了柳大柱，乘了柳大柱的车。

舅舅和爸爸中午喝了酒，到半下午时舅舅的酒劲才算过了，拉住姥姥的手说话，说着愧疚的话，说："大过年的让您在妹妹家。"果儿妈妈不让哥哥再说了，儿子和女儿都一样，说："咱妈在俺家是和我们做伴呢。"因为舅舅的房子长时间没住过人，他们当天就回了山下。

过了年，日子又唰唰地过着。

元宵节，他们一家去了镇上。镇上的街道不宽，有两条主街，山区的小镇就是这样。元宵节的小镇是热闹的，他们按照传统的习俗闹元宵，大街上走着耍狮子、走高跷的队伍。十里八村的人都在这两天赶到镇上来，人口多的村也都排练了节目，穿着传统的戏装，来来往往都有闹元宵的节目。街上摆满了各种杂货，各种手工艺的玩具，各种特色小吃。集日的苍山镇是附近山村重要的交易场所，演出声和生意的吆喝声混合着，要把小镇掀起来。

果儿和爸爸、妈妈来了镇上。爸爸把果儿驮在肩上，跟着演出队伍走，从东大街走到西大街，又从南大街走到北大街。

他们又去了照相馆，果儿爸爸说："这几年我们没有来照过相，再给果儿照一张吧。"他们又找到了大槐树下的照相馆。这两天照相的人多，照相师傅忙活着，他们在照相馆等了快一个小时总算照上了。他们照了一张合影，又给果儿单照了一张。从照相馆出来，顺着一条胡同去了服装店，看到了满屋子挂着的各种服装，绣着花、绣着各种小动物的衣服集中挂在一面墙上，他们给果儿买了一件绣着猪八戒的外衣。

人生总是充满了一次次的告别。

过了元宵节，爸爸又要走了，果儿和妈妈送爸爸出山，在一个山口爸爸让她们止步了。爸爸抱抱果儿，对果儿说："爸爸马上就会回来的。果儿，爸爸再回来就带你去省城，把手术做了。"

第七章　省城医院

一

果儿八岁了。

时光真快,果儿八岁了。

果儿现在上三年级了,三年级当然还是她一个人,除非四年级的同学有人留级。果儿现在还是上复式班,还是那个大教室,那几排桌子,不过到了她升三年级的时候,学前班和一年级没有再收到学生,好像一家一家都搬走了,山里的村庄要搬空了,山里的孩子都去山下上学了。而且五年级的两个同学又走了,据说去了一个民办学校，去那个学校上六年级，明年就在那个学校上初中。整个学校只剩下五个同学了，从三年级到现在的五年级：三年级果儿一人，四年级两个，五年级两个。整个教室乃至整个校园里只有五个学生。

严老师每天还准时地站在路口，那只山羊还天天准时地跟着严老师，学生们都还喊它"白云"，原来七个人喊，现在变成五个人喊。果儿每天看见山羊就"白云——白云——"喊几声。山羊看着果儿，甩着小蹄子跑到果儿身边，依偎着果儿，像在撒娇。妈妈每天把果儿送到路口，向山羊挥挥手，往回走，大山又挡住了她的身影。果儿看着妈妈往回走，小手搭在山羊的脖子上，山羊的脖子绒绒的、暖暖的。

每周一举行升国旗仪式，五个同学轮流当升旗手，有了音乐的伴奏，升旗仪式更庄严了。音乐播放器是高老师留下的，除了国歌，还有很多歌，严老师每天找出一节课让同学们听音乐，播放器放在讲桌上，随着音乐的节奏跳动。海宁他们回去后来过一封信，那封信很长，写着每个同学在柳岭的感受，在柳岭的照片洗了八份，当时的七个同学和严老师，每个人都有一份。那些信严老师在课堂上读了一部分，又让每个同学读，读着读着同学们掉了眼泪，原来城里的学生和山里的学生也是这样容易交流，心和心相通着。严老师让每个同学写了一封回信，把回信折叠在一起，专门跑到镇上的邮政所，寄到了省城。

这天，柳岭小学来了一个记者。

记者是一个女孩，大大圆圆的眼睛，个子高高的。她站在路边，远远地看见一面高高的红旗、几棵高高稠密的桐树、山腰上一个孤独的院子、两三座平房，看见一条通往院子的小路、门口的草滩。她有些好奇，这是什么地方？她沿着小路往下走，她穿的是一双半高跟的鞋，不太好走路，走到门口，看见大门口挂着一个木头牌子，牌子上的字已经陈旧，有些模糊，但她一下子读出来了：柳岭小学。学校很静，听不到声音，或者说只听到讲课的声音。由于她站得比较远，声音有些微弱，她想迈进学校,又停下来——正是上课的时间。

她决定先在草滩上走一走。草滩中间有一条窄窄的小径,草正长得茂盛,这是又一个秋天,峡谷里的水也正旺盛。她沿着小径慢慢地走,走路的节奏像腕上的手表,一边走一边探身拽一拽路边的小草,小草毛毛地扎着她的手,手痒痒的。她走过了一段小路后听到了一声羊叫,在草滩的坡下看到一只白羊,她举起了相机。

这个名叫温敏的记者这一天顺道采访了柳岭小学,见到了叫果儿的山区女孩。

采访中,温敏一直在问:"严老师,学校这几年一直就你一个老师吗?"她看着黑板上的四个格子,现在实际使用的是三个格子,另一个格子里是几个年级都可以适应的内容,那个格子里写着一句话:"立志能更远,更远能更好。"温敏看着教室里的五个学生:四个男孩,一个女孩。女孩坐在最前排,不说话,只微笑着望着她。

"一直就是几个学生吗?"

严老师说:"四年了,从十二个学生到九个学生,到七个学生,到现在的五个学生。"

"再继续下去呢?"

严老师想过这个严峻的问题,如果每年的学前班、一年级都没有学生,那学生会越来越少,这是肯定的,没有办法,要面对现实。严老师说:"学生可能更少。但只要学校存在,我就会一直教下去。"

走出教室,温敏仰头看着旗杆,问:"你们还坚持升旗吗?"

"升!"

"正常升?"

"每周一次。"

温敏自言自语:"一个学校,一个教师,一面红旗,五个学生……"其实她来之前是有所闻的,见到过网上的照片、曾经的报道,那次省里来的几个学生发在网上的照片她也看到了。

他们随便地聊着,聊到了羊,聊到了果儿的玩具。

这是一个大课间，上课前温敏和几个学生照了一张合影，在合影里记者温敏像一个大姐姐。

临走时，温敏意犹未尽，已经走到了路口，却又扭回头，看着严老师："严老师，我能帮你什么吗？"

"帮？"严老师一时卡住了。

温敏还在盯着严老师看。

严老师还在卡着。

温敏转过身要走了。

严老师突然大声地说："那个小女孩，你能帮帮她吗？"没等温敏发问，严老师便滔滔不绝地讲着她最初的病情，医生的交代，等待的手术，果儿父亲到很远的地方，甚至国外打工挣钱……

温敏认真听着，听完，只简单地说："严老师，你等我消息。"

二

临去省城前,果儿给海宁写了一封信。她在信里告诉海宁,她可能要到省城来了,这一次是来治病,这几年她一直在等,现在等到时候,等到年龄段了。果儿在信中还比较详细地叙述了她提前来省城的原因:"海宁,那天我们学校来了一个记者姐姐,她叫温敏,温姐姐,是省城一家电视台的。姐姐看了我们的学校,和我们在教室里交流,在一起唱歌。那一天我们是快乐的。姐姐还去看了'白云',给羊拍了照,她有一个不大不小的相机,咔嚓咔嚓地给我们照了很多照片。后来,她又来了,是和好多叔叔阿姨姐姐一起来的,这次我能提前来省城,多亏了记者姐姐……"

温敏是一周后又回到柳岭的。

这一次和她一起来的有他们的台长、频道组长,还有个帅帅的主持人。他们去了学校,听温敏介绍着,和严老师一起交流,和同学们一起座谈,一起唱歌,学校里充满了欢声笑语。他们随着果儿和果儿妈妈去了牛湾,在走之前他们都换了鞋,看出来是有备而来。那个帅帅的主持人要替妈妈背果儿,王山妮拒绝了。王山妮听见了他的喘气声,说:"你缓口气,我每天走山路,每天背果儿走惯了,你受不了的。"果儿妈妈在前边走,走到一个比较平坦的地方停下来,让他们坐一坐。眼前的山层林尽染,天蓝云白,他们坐在山石上喘着气,又咔嚓咔嚓地照。又开始走路时,王山妮不时地转过身,问他们累不累,如果累,就再歇一会儿,他们仄歪着身子摇摇头。

那天晚上,他们就住到了牛湾。温敏和果儿睡一张床,另外的三个人,王山妮把他们分别安排在了几个邻居家。休息前他们一直和果儿待在一起,和果儿、果儿妈妈、果儿的姥姥聊天。温姐姐拉着果儿的手走到院子里,那是一个月亮将圆的夜晚,天上的月亮朗朗地照耀,光线穿过大山,穿过树丛,穿过所有的角角落落,那样皎洁。温敏静静地拉着果儿,看着月色,看着月色里山边的植物,月光照在山岩上,山岩上的小树像静物画。温敏想着,这样环境里的孩子心有多纯净,她不应该孤独,每个少年都应该快乐。

果儿和温姐姐沿着门前的石板路朝前走,身后传来妈妈的喊声:"果儿,别让姐姐着凉感冒了。"果儿嗯了一声,温敏回答一句:"我加了衣裳。"

她们走到了屋后,又折回来。在屋子和山的中间有一块小小的平地,没有树,只有茸茸的一片草地。两个人坐下来,果儿朝天上望着,柔声说:"姐姐,你往天上看,从这儿看月亮最好。"

温敏朝天上看去,朝她和果儿的身边看,没有任何的遮掩,好像月亮在一个很近的地方。温敏抓住果儿的手:"你喜欢在这里看月亮是吧?"

果儿嗯了一声,说:"山里的月亮从哪儿看都好看。"

果儿背起了姥姥教她的歌谣:"月奶奶,明光光,打开大门洗衣裳,洗得好,洗得光……"

温敏搂着果儿的肩膀，和果儿一起唱着。

温敏说："好果儿，你真不愧是一个月亮女孩。"

半个月后，温敏和台长再一次进山，这一次，他们带走了果儿。

三

果儿待在医院里，静静地躺在白色的病床上，她的床边放着带过来的课本，一个人的时候她会拿起课本看，小声地念着，全神贯注的样子。

她有时想，海宁收到我的信了吗？她是按照海宁临走时留下的地址寄过去的，那个地址记在一个绿色封皮的笔记本上，笔记本是胡曼清送给她的纪念品。

在住进医院前，温敏先带她去了几个地方：公园、图书馆、书店、植物园。她想去动物园看动物，没有提出来，海宁答应过她一起去动物园的，她想和海宁一起去。

温敏几乎每天都过来，安慰着果儿："果儿，别着急啊，要先观察，慢慢地检查，医院要再给你做一次全面检查后，才能拿出方案，还要请专家一起研究，想治好你的病，要很多人参与，不要急啊。"

果儿说："我没有急啊，姐姐。"

温敏心疼地在果儿的小脸上捏了一下。

妈妈也守在病房里，来之前，姥姥搬到山下的舅舅家了，临走时，姥姥说："你们回来了就告诉我，我回来照顾果儿，我要住在山里，我不住在山下。"姥姥喊，"果儿，姥姥等你回来就过来陪你。"果儿笑着送姥姥往山下走，果儿想不通，姥姥为什么那么不愿意下山，可学校的同学一个个都到山下去了。

果儿住的房间里有电视，几天后，果儿在电视上看到了自己，电视上的自己不叫陆果儿，不叫果儿，而是叫"月亮女孩"。画面上有圆圆大大的月亮，有月光照耀下的山，有她家的院子，有她们的学校、教室，有高高的红旗，还有她和山羊在一起的照片，还有她专心看月亮的照片。

温敏告诉果儿，这是一个宣传片，她和同事们做了几天做出来的，会一直放。温敏对果儿说："果儿，你以后会理解的，都是为了给你看病，果儿。"她对果儿的妈妈说："阿姨，这是要为果儿募捐，要让大家知道果儿，知道这么一个漂亮的女孩需要治疗。果儿的治疗费用很高，比我们想象的要高得多，我们要医院请最好的专家，甚至请北京、上海的专家来……"

果儿点点头，妈妈点点头。

温敏说："果儿，如果手术成功了，你就会长高，会更漂亮，你就是大山里漂漂亮亮的'月亮女孩'。"

四

海宁是周末找到医院的。

和海宁一起来的还有胡曼清，还有海宁的妈妈。

海宁握住果儿的手，哭着说："果儿，我收到你的信了，可你没有说你在哪个医院治疗，我们是从电视上看到，才找到这里的。"

果儿也流着眼泪，看着海宁，看着胡曼清，说："我也不知道，反正是知道要来省城了。"

海宁说："果儿，我爸爸本来说一起来的，临时有事儿没来。我和妈妈来了。"

海宁的妈妈走过来，拍着她的手，说："你是果儿，我知道，从山里回来海宁就一直在说，还把你们在一起的照片制成了相册，我们一家人经常看。海宁老是对我说你们睡的小屋，一起睡的小床，一起去看月亮，一起去山上那个地方看山……"

海宁说："妈，是牛腰坡，那个山头像一个大牛肚，站在山上往下看可好看了，可惜月亮我没有看成。"

海宁妈妈说："有机会，我们以后一起上牛腰坡，去牛腰坡上看月亮。"说完端详着果儿，又说，"果儿的小圆脸真好看，像小月亮。"

胡曼清插话说："果儿，其他几个同学都会过来看你的。"

果儿笑了，果儿一直笑着，说："不要，不要，你们多忙啊。"

胡曼清说："忙什么，除了上学，周末还是有时间的。"

海宁、胡曼清、果儿，她们坐在床头，老朋友似的说着话。果儿的妈妈刚才出去了，从外边回来后，看到屋子里的场景，看到了海宁，有些激动地拉着海宁。海宁拉住果儿妈妈，叫着阿姨，说："阿姨，我们来看果儿。阿姨，你的冬瓜炖粉条我回来还对妈妈说真好吃呢。"

果儿妈妈爽朗地笑了："好吃，以后还去吃啊。"

后来，两个大人在一起说话，三个孩子在一起说着。

晚上是海宁妈妈请她们吃的饭，在医院附近的一家饭店，好像来之前她们已经预订了一个温馨干净的包厢。治疗还没有正式开始，果儿妈妈还向医生请了假。

募捐活动进入了高峰,收到了效果,电视台每天播放着募捐的消息。医院的准备工作紧锣密鼓地进行着,温敏经常到医院来,告诉她们进展情况,和医院对接。果儿的病房也热闹起来,每天都有好心人来病房看"月亮女孩",给果儿送来鲜花,送来食品。果儿没见过这种阵势,她在床上微笑着,到后来有些抗拒了。好在高峰慢慢地过了,医院里也在控制社会人员对果儿的探视,病房里渐渐地安静下来。进入治疗前,果儿最想念的人是爸爸。

爸爸是在治疗即将展开前回来的。

和他一起过来的还有果儿的姑姑,还有舅舅,果儿的亲人在果儿全面展开治疗前商量好似的,不约而同地都来了。

果儿看着爸爸:"爸爸,你可回来了。"

爸爸紧紧地搂着果儿:"爸爸怎么会不回来?得到消息就连夜往回赶,果儿的手术爸爸一定要在场的。"果儿爸爸抱着果儿,叙述着他在路上的辗转,他接到通知后，怎样从那个国家坐飞机，到了南方一个城市，又从那个城市坐火车，往省城赶。他捎回来的还有一个大大的行李箱。

"不再走了吗，爸爸？"

"不走了，果儿。爸爸要一直守在你的身旁，看着果儿恢复，看果儿长高、长大，长成个大姑娘。"

"爸爸，你真的不再出去了吗？"

爸爸想了想，想着不能对孩子说谎，因为欠下的债还要挣钱去还，就对果儿说："爸爸就是出去，也要等到我们的果儿恢复好再走。"

"爸爸，你还出国吗？"

"不一定，果儿这次做好了手术，爸爸就不一定出国了。"

"我还想跟你一起出国呢。"

"好啊，女儿，等你将来去国外留学，爸爸陪你一起去。"

爸爸带来了一笔钱，包括之前攒下的钱，填补了募捐后治疗费用仍不够的部分。

五

果儿回到山里已经是两个月之后了。

那时候的大山又进入了一个小冬季,真正的冬天要来了。果儿回山是海宁爸爸找的车,海宁等来过柳岭的七个同学一起来医院送果儿,和果儿再见。果儿躺在一副担架上,然后被抬往车上,七个同学为果儿买了七种不同颜色的花,他们轻轻地拍着担架上的果儿,轻轻地和果儿说着话。海宁的小手一直握着果儿的小手,看着做过了手术躺在担架上的果儿,她有些心疼这个山里的妹妹,对果儿说:"果儿,我一定再去看你。果儿,要坚强啊,等过了恢复期就会好起来的。"海宁的妈妈也来和果儿告别。海宁的妈妈是报社的编辑,在果儿住院的这段时间里她和温敏配合着编发了几篇关于果儿的文章,原来她们也都是认识的。海宁妈妈把几张报纸装订了，装在一个袋子里送给果儿，让果儿为自己的人生留一个纪念。

果儿的泪流下来，她在上车前向同学们挥着手，向海宁挥着手，向胡曼清挥着手，向温姐姐挥着手，向海宁的妈妈挥着手，向车旁的医生阿姨、叔叔，护士姐姐挥着手……

车开了。省城再见。

几个小时后，车停在草地外边的那个桥头。

果儿回家了，舅舅提前在家找好一副担架，他们先小心翼翼地把果儿抬下车，把果儿从一副担架挪到了另一副担架上。接着他们又抬着果儿，小心翼翼地往山下走，走到那个山坳里的牛湾，果儿数过，上山下山是九十九个台阶。

果儿的身上绑着钢板，按照治疗的要求，果儿要在床上再静静地躺三个月，才能保证效果。那是一个冬天，一个季节的时间。果儿说："我听医生的话，会忍过去。"

第八章　补课

一

山里的路有多长,走过的人才会知道。

严老师每天都要走一遭到牛湾的路,漫长的冬天,也是漫长补课的开始。他不能让果儿失望,不能让果儿留级,柳岭小学的学生越来越少了,果儿做手术的时候学校等于又少了一个年级。他记得果儿问自己的话:"老师,我会留级吗?"他在果儿的床边当场表过态,他不能让一个孩子失望,严老师郑重地说:"不会!"

不会,就要把果儿落下的课补回来。

他每天都会看见果儿的目光,那个躺在床上的女孩,他教了三年的学生,在被窝里像一个机器人,保持着一动不动的姿势。她不敢动,医生说如果挪动了钢板,会前功尽弃,这几个月她都要这样躺着,必须严格遵守医生的交代。医生的交代是神圣的,这和果儿的身体,甚至果儿的未来、果儿的生命息息相关。他有时会为这个女孩难受,同样的生命,一个漂亮聪慧的女孩儿却要如此遭罪,或者说经受命运的考验。他知道这个女孩的细心、敏感、内心的波动,八岁的女孩应该说提前承受了大于她心理和生理年龄的压力。果儿躺在床上,每天都在等待他的到来,他的脚步声果儿是熟悉的。

严老师是从果儿离开学校的课程开始补的,果儿的爸爸拿出课本,按他说的页码翻开,擎在果儿面前。严老师对果儿说:"果儿,我们今天该讲这一节了。"严老师坐在她的床边,手握课本,带着她读、背诵,带她思考、演算。讲过几节后,严老师说:"得有一个小黑板。"那句话是严老师在讲完又一个章节后说的,这段时间他把要做的作业写在了一张纸上,和果儿的爸爸一起看着果儿在床上做作业,做得很艰难。他们准备了一个硬纸板,果儿在纸板上写,写得很慢,每一个笔画都要在身体不被牵动的情况下写,他们听到的只是果儿轻轻的喘息声、笔在纸上的轻微的响动声。严老师不忍心看,走出来,坐在院里的青石板上,听见树上的鸟儿在轻声地鸣叫。

再以后,做作业时他已经走了。

两天后,严老师掂过来一块小黑板,小黑板挂在果儿对面,果儿不用动就能看见写在上边的内容。他们调整着黑板的距离,问果儿:"果儿,能看得见吧?"果儿嗯一声。"果儿,这样的距离行吗?"果儿说:"行,我看得见,看得清。"

严老师从包里掏出一盒粉笔,放在了床边的小桌子上,一只手扶着小黑板,一只手在黑板上写着要讲的内容。冬天的风在窗外刮,窗户纸发出响声,果儿躺在小床上,能听见钢板在自己身子下发出隐隐的声音,钢板像一座小山让她不能动弹。医生叮嘱的话反复回响在她的耳边:"不能动,孩子,忍受几个月,这是治疗。"不能一直待在医院里,或者说待在医院费用太高了。不是果儿个人的花费,还有妈妈和爸爸要陪着她,每一天都要开支,爸爸攒了几年的钱,还有好心人捐助的钱两个月就花光了。爸爸拒绝了电视台继续宣传,继续为果儿募捐,觉得这就够了,那些好心人已经帮了大忙。陆远来找地方制作了一面锦旗,表达一家人的心情,他找到了电视台,将锦旗恭恭敬敬地送过去。

果儿知道自己 24 小时不能离人,要看着自己。果儿以前睡觉习惯不好,喜欢在床上翻动,尤其在做了梦后,会把被子搅成一团。

果儿喜欢看外边的月亮,小窗帘是妈妈缝的,果儿想看月亮时就让妈妈拉开。月亮挂在天上,像巨大的蛋黄,她张开嘴,感觉这光是可以呼吸的,光穿过了窗框,她在月光里笑,这个被叫作"月亮女孩"的果儿,她的世界都在博大的月光里。

她想到了口琴,自从开始治疗,一直放在抽屉里,她想在月光里吹一吹口琴。她喊爸爸、妈妈,爸爸当时就守在她的身旁,只是看她沉浸在月光里,微笑着,像一个小神仙,退到了小屋的一边,悄悄地观察着女儿。他答应着,果儿说:"爸爸,把我的口琴找出来吧。"果儿的爸爸拉开了抽屉,看见了规规矩矩放着的口琴,口琴装在盒子里。爸爸把口琴拿出来,用一块布擦拭了几下盒子,在一个合适的高度把口琴递给果儿。

果儿小心翼翼地把口琴横在了唇边,先试了一下,试了两下,接着就开始吹了,果儿在床头的月光中轻轻地吹响了口琴。这样的夜晚似乎是最适合一个少女吹口琴的,这个叫果儿的女孩儿,在后来的日子里竟然无师自通,把口琴吹得如泣如诉,小屋里从此多了一种琴声。每当月光洒进小屋时,果儿就会从爸爸或者妈妈的手里接过口琴,果儿吹得越来越好,越来越娴熟。先是果儿吹着她学会的《童年》《茉莉花》,后来她任自己的想象飞翔着,在自己的想象里吹,口琴声和窗外的月光那样和谐，声音飞出了小屋，飞向辽阔的天空，邈远的宇宙。她的身体在琴声里飞了起来，灵魂飞进了宇宙飞上了月球……

几个月后，她终于成为一个自由的少女，她依然在月光下吹，在小屋里吹。她还让爸爸妈妈把她背上牛腰坡，在牛腰坡上吹，后来那些由她独创的琴曲，被她命名为《女孩的月光》《月光下的心》《在月光里飞翔》……

很多年以后，果儿从中学生，到大学生，她一直在吹口琴，那些曲子以及新创作的琴曲，成为她在学校晚会上主打的节目。她的琴声打动了很多人，她和她的琴、她的琴曲上了报纸、上了电视……果儿一直没离开过口琴，成了一个业余作曲家。

她常常想念海宁，这个当年送她口琴的女孩儿。

二

天越来越短了，严老师手里多了一只手电筒。

每天放学，严老师送走学校里仅有的几个学生，把学校的门锁好，拿起给果儿补课的教案，往牛湾去。

那是必须步行到达的一个村庄。

他计算了时间，走过去一个小时，补课两个小时，再走回来一个小时，他回到家已经是繁星满天。严老师走在路上，也难免计算着自己退休的时间，进入倒计时了，也就是说他快要退休了。这个学校可能也要跟着他消失，学生越来越少，没有人愿意到这样的学校上学，学校恐怕真的不会存在了。他计算着，等果儿上到五年级，自己就是在那一年退休。

因为给陆果儿补课，陆远来送过他几回，一直把他送到那片草地上，在草地上看他越过那座桥，拐上一条岔道。天短了，夜来得早，陆远来送他的时候也拿上了手电筒，和他一前一后照着山上的路，再用灯光和严老师说再见。

那天严老师回去时，天上飘起了雪花儿。陆远来起身送严老师，严老师挡住了。陆远来还是跟在了后边，他怕雪下大了，上山的路不好走，一直送严老师到出山的路口。

第二天起床后，他们先去看外边的雪，如果雪下了厚厚一层，怕是严老师不能来补课了。他们的担心是多余的，整整一夜雪都没有大起来，天也放晴了，早晨的天际透出蓝色，已经有微微绽放的金黄。地上铺了薄薄的一层白，像草地的霜刺。吃过饭，他们把果儿照顾好，把果儿要看的书、要做的作业安置好，两个人一人手里拿了把小铁锨、一把小扫帚往那条山路上走，即使再薄的雪也是雪，和冰凉的山石冻在一起就会滑，他们决定一阶一阶地铲一遍，把每块石头上的雪铲净了，这样严老师来补课的时候才会安全。

小路上出现了两个身影，小铲子叮叮当当地在石头上响动，硬毛的扫帚扫着石板，石头缝里拱出的野草挂了白白的细雪，也被他们铲掉了。九十九级台阶，他们一直铲到了中午。后来，留在村里的几个女人也加入了铲雪的行列。他们一直铲到了出山口，铲到那片草地上，把草地上的雪也清扫得干干净净。

严老师听说了他们的行动，下午下课的时候正常出发。一场小雪后，天又冷了几分，他穿了一件厚衣裳，脖子里围上了围了几十年的蓝围脖。严老师想象着这对夫妻铲雪扫雪的情景，想着这两口子真不容易，他想着果儿，躺在床上，看见他时的微笑，他往山下走的步子不觉快了几分。

严老师还是摔了一跤。

那是几天后，严老师往回走，他走到半山腰时，手电筒滑落了，他弯身去找手电筒，看见手电筒还亮着，落在两块石头的中间，他去石头中间捡，一只脚滑了一下，如果不是扒着一块石头，他可能会滑下去。他的手里已经握住了手电筒，他忍着痛用手电筒朝那只脚上照了一下，站起身，往山口走。

第二天，严老师出现在他们家时，手里拄着一根棍子，他在进门前本来想把棍子搁在外边，可一走路还是感到疼，使不上劲儿，只好拿起棍子推开门。

果儿的爸爸陆远来很惭愧，后悔没送严老师，如果送了严老师，兴许严老师的手电筒就不会掉在地上，严老师的脚就不会扭伤。

那天是周末，严老师好像是有备而来，说："你们谁也不用自责，这几天我就不回去了，也不用陆远来送我，我这两天多给果儿讲几节，下一周再歇两天，这一住一歇我的脚兴许就会好了。"陆远来感激地看着严老师，对王山妮说："赶紧给严老师安排住的地方。"

第二天，果儿的爸爸陆远来很早就出了门，到了晌午头儿才回到牛湾。他去了镇上，买了酒和菜，去卫生院给严老师开了药。严老师清早起来后，陆远来已经出了门，严老师就猜想到了他的去处。陆远来一边放下菜让王山妮去做，一边拉住了严老师，从暖壶里倒了温水，让严老师先泡泡脚，泡脚后把药上了。

果儿在床上听到了这一切。

厨房里飘来了饭菜的香气。

果儿在床上流了泪。

她觉得生活在这样一个温暖善良的环境里太幸福了。

第九章　一个人的学校

一

果儿站在学校的门口，手扶着大门，仿佛一个陌生人，一个远方的游子，看着久违的家，一个她一直渴望回到的地方。仿佛一条鱼，又回到了生活的水潭。

爸爸和妈妈站在果儿的身后，让果儿自己往学校走，远远地看着果儿，一步步攀上学校的台阶。果儿取掉了身上的钢板，轻松了。尽管是冬天，是春节后的开学，身上还穿着厚厚的棉袄，但果儿走得很轻捷，仿佛长了翅膀。她一步步上了台阶，上了两阶又回过头，看到了身后的草滩，草滩还在冬天的季节里蛰伏，峡谷里的水还没有完全解冻。果儿低下头，察看脚下的台阶，她的脚步慢下来，要享受这一阶一阶行走的过程，她数着，一级、二级、三级、四级……一共十四级台阶。果儿今天再走在上面，似有什么不同的感受，几个月后又回到学校，她无数次想过今天的感受。她扶住了学校的大门，大门敞开着，她扭过头，爸爸妈妈都在望着她，她跳了一下，仿佛一只小鸟飞了起来。

果儿回到了学校，她的学习要继续，她不用留级，她要上完她的三年级，然后上四年级。整整一个冬天，严老师给她补回了全部的课程，春节前的考试中，她在床上完成了答卷，几乎得了满分。

可是，果儿觉得空落落的。教室里现在只剩下了她和四年级的同学，整个教室只剩下了三个人。在她住院治疗的这段时间，教办有了新的规定，以后各个山村小学的五年级和六年级都要提前到镇中的中学去，镇中学成立了一个小学部，相当于初中的预科班，让各学校

五、六年级的孩子提前进入镇里的中学。明年，这两个同学也要走了。

严老师站在讲台上，黑板上的格子变成了两个，果儿一下子觉得那黑板变大了，装进了更多的内容。果儿看着黑板，果儿的内容在左边，四年级的内容在右边，四年级的同学说："老师，我们是两个人，果儿是一个人，我们的黑板是不是应该更大些？"严老师说："不是，你们代表的不是几个人，而是一个班、一个年级。"果儿和四年级的同学都点点头。

严老师对陆果儿说："陆果儿，你现在是三年级的第二学期，从第一学期就该上英语课和作文课了，从现在开始你要把英语补上，开始每周写一篇作文了。"

严老师把英语课本递给陆果儿，又把一本作文写作本递给陆果儿。

三年级和四年级的英语课都不在班里上，而是严老师让他们去他的办公室里，因为那里有一个复读机，老师和他们盯着课本，跟着复读机学。陆果儿上学期的英语没学，严老师每周为她多上一节。

陆果儿写作文了，老师说陆果儿的作文可以从300字起步，再到500字，到800字。果儿问老师："作文都要写什么啊？"严老师说："作文就是把你想写，特别想写的东西写出来，把心里最想表达的东西写到作文里。陆果儿，如果写第一篇作文，你最想写什么呢？"

陆果儿想了想说："我想写《在妈妈的背上》。"

严老师心里震了一下，他看着陆果儿，他本来想教果儿怎样写作文的话没有说，他想让果儿自己写，真正的作文就该是这样的。严老师说："陆果儿，那你就按你想写的写。"

陆果儿问："要写300字吗？"陆果儿数了，老师给的作文本是每页150字，要写两页。

严老师对果儿说："你第一次写，能写多长就写多长，写作文对你是一个开始，不强求字数。"

陆果儿懂了，陆果儿写了。

陆果儿先在作文本上工工整整地写下了题目《在妈

妈的背上》。果儿写着:"我们家是山区,我们的家在山的这边,我们的学校在山的那边,在一个山坡上。从我们家到学校只有一条小路,我每天都要妈妈背着上学……"

陆果儿写了两页收不住,在第三页上又写了几行。

陆果儿在最后的几行这样写:"我们的村庄很好,我们不想搬出去,我们村庄将来会有一条路,不管从哪儿开始修,都会有一条路。"

严老师不知道该怎样点评这篇作文,果儿的第一篇作文竟能写成这样,虽然句子写得不算太通顺,还有错别字,但这已经出乎他的意料,让他吃惊了。想了好久,他写上了一行字:"作文就是要这样写!"又写上几个字:"一定的,一定有一条路。"

果儿喜欢上了作文,果儿的第二篇作文是《我喜欢月亮》。

果儿在作文里写:"妈妈说,我在两岁不到的时候,有一天夜里一直盯着月亮看,从那以后我就一直喜欢看月亮。后来妈妈背着我上山看月亮，去一个叫牛腰坡的地方，姥姥教我唱月亮的歌，慢慢地我知道妈妈看月亮是思念人，我看月亮有时候也想自己的心思……"

严老师看着果儿的作文，把上边的错别字改正过来，把不通顺的句子帮果儿纠正过来，引导着果儿。

果儿后来有一篇作文是《一只叫"白云"的山羊》，那时候她已经写了好几篇作文了。她在作文里写道："山羊原来就叫山羊，山羊的名字是我和山叶儿起的……"她写下这一句时想起了山叶儿，她和山叶儿后来也见过几次面，山叶儿的爷爷还住在山里，山叶儿要回来看爷爷。山叶儿回来看爷爷也到学校里来，如果是周末，她也会给果儿捎信，让果儿知道她回来了。果儿的妈妈就背着果儿出了山，去路边等山叶儿，两个孩子见了面那样亲，有说不完的话。果儿写道："山叶儿和我每天都喜欢多看几眼羊，多听几声山羊的叫声。有时看见羊我就会想起山叶儿，我们好像是姐妹，一个是山叶儿，一个是山羊……"

果儿还写过一篇《一把口琴》："这把口琴我自己学会吹了，看到它我就想起送我口琴的海宁。海宁是一个大城市的女孩，可海宁能和我们说上话，我们在一张小床上睡了几天，临走时她送我了这把口琴。我住院回来后，在床上不能动，可我能吹口琴……"

严老师把果儿的每篇作文都看了不止一遍，说这个孩子是写作文的料，一篇篇写得都很打动人。他在每篇作文下的批语里都写上一个"好"字，写了一句："写心里的话能打动人。"

严老师把果儿的作文本保存得好好的，有一天他问果儿："陆果儿，你想不想把你的作文给海宁看看，让海宁看看你写得好不好？"

果儿想了想，问老师："老师，你说呢？"

严老师说："让海宁看看吧。"

果儿点了点头。

严老师让果儿抄了海宁的地址，把果儿的几篇作文给海宁寄去了。果儿不知道，海宁的妈妈是编辑，她被果儿的作文感动了,她把那些作文在他们报纸的教育版上发了。

二

四年级,果儿真的是一个人了。

学校真的成了一个人的学校:一个老师、一个学生。

那是开学,果儿看着空荡荡的学校,看着空荡荡的教室里,只有自己一个人的课桌上搁着课本,搁着文具。果儿看着黑板,她要一个人拥有一块完整的黑板了。果儿孤单地看着老师,怯怯地问:"老师,只有我一个人了,你还会教吗?"

严老师很郑重,拍着果儿的头,朝果儿笑笑:"教!只要这个学校存在一天,我就教你一天!"

"学校还会有吧?"

"会!上头说过了,有学生的地方就有,直到你离开学校。"

果儿瞅瞅空空的教室："我离开是在五年级吗？"

"上头是这样说的。"严老师说。

"老师，只要你教我，我就一直做你的学生，学校不在了，我去家里跟你学。"

"傻孩子，这个学校不存在了，往上还有学校，学校就像一个梯子，一阶阶地可以往上攀。"

"就像我来学校的那个山？"

"对，也是阶梯，上学就像上梯子一样。"

"老师，该上课了吧。"

严老师呀一声："忘了，忘了。"他看了一眼表，摁响了铃声。

严老师站到了讲台上，他看着台下，看着孤单地坐在教室里的果儿，果儿很虔诚地仰着头，盯着老师。严老师在一瞬间闭上眼，仿佛台下坐满了学生，那么多虔诚的目光，充满了背课文的声音。有一刹那他的眼泪就要下来了。他马上要退休了，眼前，这个学校只剩下了一个学生,剩下了这个叫陆果儿的孩子。他睁开眼,仰起头,仿佛看到一轮圆圆的月亮,看到了皎洁的月光,那光的周围,光的世界里是无数颗星星,那么多星星都在守着孤独的月亮。他忍住了眼泪,低下头,看见果儿从座位上站起来,凝视着台上。严老师下意识地整了整衣裳,喊了一声:"上课——"

学校的铃声照样响着,和以前没有区别。果儿每天准时来到学校,严老师还在路口等着,他的身边依然是那只山羊。果儿来到后,他们就往学校里走,山羊还是在学校的大门口停下,叫一声再往草地上去,渴了去峡谷里找喝水的地方,在水边看着水里的自己,对着水,对着对岸的山岩、对岸的天空咩咩地叫几声,叫声在峡谷里回荡,遥远而悠扬。每一次山羊在离开校门时,果儿都伸出小手,叫着:"'白云',再见啦,好好地玩啊。"

"白云"懂事地点点头。

暑假里,果儿又一次去了省城,接受复查和巩固治疗,没有影响暑假后的开学。医生对果儿和果儿的爸爸妈妈说，效果不错，果儿的治疗效果挺好，在照射镜下看得很清，那个畸形的地方正在恢复。果儿只是微笑地听医生和护士谈话，大大的明亮的眼睛瞅着她身边的医生和护士。医生和护士都喜欢这个大眼睛的山里女孩，说她像极了当年希望工程宣传片里的那个女孩。

她又见到了温敏姐姐，温敏姐姐更漂亮了。果儿爸爸说："谢谢你的努力，让果儿好起来。"

果儿这次复查，温敏姐姐把消息告诉了海宁，海宁又告诉了胡曼清，她们又到医院里来看果儿。海宁一见到果儿就夸果儿出手不凡，一开头的作文就写得那么好。海宁说她妈妈夸果儿作文里有生活，心里有东西可写才写得那样好。

果儿被夸得有些不好意思，说："我就是把我知道的写出来，才开始写，哪有你说的那样好？"

胡曼清说："果儿，是真的，你的作文我们都看到了，去柳岭的几个同学都看了，我们都在向其他同学炫耀呢，说，你们看，这就是柳岭那个眼睛像月亮，喜欢看月亮的女孩，就是我们曾经在一起学习、生活的陆果儿。他们可都羡慕你了。"

"羡慕我？"

这时候海宁好像才想起，报纸还没有给果儿看呢，赶忙从书包里拿出了报纸。那报纸被海宁折叠得整整齐齐，放在一个透明的档案袋里。海宁和胡曼清慢慢地将报纸展开，那是一张教育专刊，套红的印刷，在《作文园地》栏目里刊登了果儿的作文，连续登了三篇。第一篇是《在妈妈的背上》，还配了两张图片，一张是果儿看着月亮，一张是妈妈背着她走在山路上。果儿盯着展开的报纸惊讶地看着，海宁和胡曼清又打开了另一张，是那篇《一只叫"白云"的山羊》，接着打开的第三篇，是果儿的另一篇作文《一把口琴》，作文的中间是一个大大的口琴，和一个女孩吹口琴的脸颊……

"原来我的作文还可以上报纸啊！"

"可以啊！我妈妈说，你有天赋，以后会写得更好。你有好作文还可以发。"

"谢谢阿姨,谢谢阿姨。"果儿说话很真切,她的眼前是几张报纸,那上边有她的作文、她的名字、她的照片……

那是果儿在医院里收到的最好的礼物。

三

果儿感觉自己的身体不一样了。

她在走路、在弯腰盛饭、在从凳子上站起来时,在从床上坐起来穿衣裳、弯腰拿课本时,在她仰头盯着黑板、往台阶上走时……她感到了自己身体变得轻松,变得自如,仿佛自己的身体里要长出一双翅膀,更多的翅膀。她在夜晚似乎能听到自己骨骼的声音,胯部有一种脆脆的低响,身体里像有一种音乐,像口琴声。这时候她摸到口琴,妈妈和姥姥听到果儿在半夜的时候吹起了口琴,任她吹着。口琴声很低,果儿是懂事的,她怕打扰姥姥和妈妈。但夜特别静,口琴声是挡不住的,妈妈和姥姥能听到。口琴声顺着门缝、窗缝，顺着所有的缝隙丝丝缕缕钻出来，在小院子里弥漫、舞蹈。这口琴声跳着舞，又传到了更远处，传到了鸟的耳朵里，山草和山花的耳朵里，每一棵植物、每一块石头的耳朵里，传到了果儿最喜欢的月亮的耳朵里，传到了月宫，传到了广阔的宇宙……

多年后，果儿还清楚地记得自己的生长，她的一篇文章的题目就叫《我听见了我的生长》。

后来，人们发现果儿果然不一样了。

她的身体在生长，脸型在生长，走路的样子也在生长，她的手臂、她的头发、她的耳朵都在生长。她的眼睛也更加明亮，更大更圆，让人想起圆月时天际的月亮。果儿不再是天天在妈妈的背上，或者拉着妈妈的手走路了，包括她和妈妈走在上山的小路上，她让妈妈把她放下来，可以在山路上走了。"果儿，果儿……"山里人都在欢喜地叫她果儿，看见果儿禁不住停下脚多看一眼果儿，和果儿打一声招呼。果儿多漂亮，果儿多懂事，果儿多可爱啊！

那只叫"白云"的山羊，也发现了果儿的变化，嗒嗒地跑到果儿面前，看着她，高兴地叫着。每天果儿在学校门口和"白云"分手，喊着："'白云'好好地玩啊。"

果儿更喜欢口琴了，那些口琴曲有好多是她自创的，她连续吹几回，就能熟练地一次次吹了。溪水在她的琴声里跳跃着，小鸟在她的琴声里飞翔，月光在她的琴声里愈加清澈、明亮，蝴蝶和蜜蜂在她的琴声里舞蹈，世界在她的琴声里变得更加宽广。

果儿生长了，就像大山的生长。

第十章　最后一课

那是果儿四年级的最后一天，也是暑假前最后一天上课。

这一天很特殊，严老师为果儿上最后一课。

严老师走上讲台，看着他唯一的学生陆果儿，他的手里是一本书，一本《安徒生童话》。严老师打开了课本："今天我给陆果儿同学朗读一篇丹麦作家安徒生的童话——《丑小鸭的故事》。"他开始朗读，"乡下真是美丽的地方。这正是夏天，小麦金黄，燕麦是绿油油的。干草在绿色的牧场上堆成垛，鹳鸟用它的双眼，用它又红又长的腿在散着步，喋喋不休地讲着埃及话，这是它从妈妈那儿学到的一种语言。田野和牧场的周围有